AF175549

Ein magischer Ort an der Côte d`Azur, die Kraft der Freundschaft und die Rückkehr der Liebe.

Malerische Buchten, wildromantische Berglandschaften, der Duft von Lavendel und das bunte Leben rund um die glitzernde Küste von St. Tropez.

In Grimaud – dort, wo die Provence mit ihren prächtigen Farben und ihrer herrlichen Lebenskunst charmant das Herz berührt, feiern die beiden Freundinnen Charlotte und Bonnie ihr langersehntes Wiedersehen. Eine überraschende Begegnung stellt die amüsanten Urlaubstage beider Frauen schließlich völlig auf den Kopf. Nichts ist verloren, aber vieles bleibt nicht, wie es war.

Mädchensalon ist nicht nur eine Hommage an die zauberhafte Region um St. Tropez, es ist vor allem ein Buch über Frauen und Freundschaft. Frauen fürs Leben, Frauen, die verstehen, das Schöne noch schöner zu machen - Vertraute, Weggefährtinnen und Herzensmenschen und eine Inspiration, genau ihnen mehr Zeit für Schönes zu schenken.

Constanze Kucharsky, Jahrgang 1973, hat in Mainz Publizistik studiert und arbeitete anschließend viele Jahre als PR-Beraterin und freie Redakteurin. Seit über zehn Jahren ist sie für die Presse- und Öffentlichkeitsarbeit eines Mode- und Lifestyleunternehmens verantwortlich und lehrt als freie Dozentin Medien- und Kommunikationswissenschaften.

Sie liebt selbstgebundene, bunte Blumensträuße, skandinavisches Design, moderne Kunst, schöne Papeterie und Südfrankreich.

Sie ist Fashion-Liebhaberin, beste Freundin und begeisterte Gastgeberin.

Gemeinsam mit ihrem Mann und ihrem Sohn lebt sie in Karlsruhe.

Constanze Kucharsky

Mädchensalon

Bibliografische Information der Deutschen National-bibliothek:

Die Deutsche Nationalbibliothek verzeichnet diese Publikation in der deutschen Nationalbibliografie; detaillierte bibliografische Daten sind im Internet über http://dnb.dnb.de abrufbar.

© 2021, Constanze Kucharsky

© Mädchensalon

Illustrationen: Constanze Kucharsky

Herstellung und Verlag: BoD – Books on Demand, Norderstedt

ISBN: 978-3-7543-9509-7

Mädchensalon

Mensch werden ist eine Kunst

Für

Sibylle, ohne die das Leben nur halb so lustig wäre

Simone und Kirsten, für die vielen schönen Momente

Constantin und Markus, die alles sind

meine Eltern und für Broschi

Prolog

Keine Liebe, keine Freundschaft kann unseren Lebensweg kreuzen, ohne für immer eine Spur zu hinterlassen.

(François Mauriac)

Meine Mutter Cleo hatte einen kleinen, zauberhaften Buchladen im Herzen unserer malerischen Altstadt mit dunklen, deckenhohen Holzregalen und antiken, prächtigen Rundbogenfenstern. Ein kleines Paradies neben dem historischen Stadttor, umgeben von verwinkelten Gassen und mit einem weiten Blick über den gepflasterten Marktplatz. Es war nicht nur der schönste Buchladen weit und breit, sondern auch der einzige mit einem eigenen Literatursalon.

In meiner Erinnerung sitze ich angelehnt an die alte Kassettenwand auf meinem Lieblingsplatz im Schaufenster und beobachte von hier aus das tägliche emsige Treiben unseres Städtchens. Und ich höre den hellen Klang der kleinen Glocken, wenn sich hinter meinem Rücken die schwere Ladentür öffnete und mit einem frischen Windhauch neue Kundschaft eintrat. Die schönsten Momente aber waren für mich, wenn Cleo den Laden alle paar Monate mit farbenprächtigen Blumenarrangements und feinen Canapés in ihren »Literatursalon« verwandelte. Kunden, Literaturinteressierte und Freunde wurden zu Gästen und am Abend zu Lesungen empfangen.

Jeder Literatursalon war für sich ein gesellschaftliches Ereignis. Meine Kindheit war Teil dieser fantastischen Welt voller Begegnungen, Poesie und Magie.

Umgeben von Büchern, Erzählungen, Menschen und ihren Geschichten bin ich aufgewachsen.

So sind es die kleinen und großen Lieben, die unser Leben bewegen und reich machen. Ein Leben ohne Literatur ist für meine Mutter undenkbar. Sie sagt, mit Büchern ist man niemals einsam.

Für mich dagegen bedeuten meine Mädchenfreundschaften persönliches Glück und geben mir Zufriedenheit. Dabei begleitet mich manch wunderbare Freundschaft schon seit meiner Kindheit, andere kamen im Laufe der Jahre hinzu. Einige bereiteten Kummer oder lösten sich schon nach kurzer Zeit in Wohlgefallen auf, weil das, was uns verband, einfach nicht genug war.

Alle Freundschaften haben mein Leben wesentlich bunter und aufregender gemacht. Sie lassen Freude und Erfolg größer und Niederlagen und Schmerz erträglicher werden. Sie haben mich geprägt, mich wachsen lassen und inspiriert, meinen Träumen Raum zu geben. Dabei erzählt jede einzelne Freundschaft ihre ganz eigene Geschichte und ist dennoch eng mit dem Band meiner Kindheit verknüpft.

Vertraute, Weggefährtinnen und Herzensmenschen – Frauen mit ganz unterschiedlichen Lebensentwürfen, Eigenschaften und Fähigkeiten.

Ob jung oder alt, jede einzelne für sich unwiderstehlich, kostbar und unersetzlich.

Bonnie, Cleo, Helen, Julia, Toni, Anni und Nita – Frauen fürs Leben, Frauen, die verstehen, das Schöne noch schöner zu machen, voller Lebensfreude und Humor.

Frauen und Freundinnen.

Innig verbunden durch den Mädchensalon.

Wiedersehen

Lange habe ich aus der Ferne geträumt und diesen Augenblick herbeigesehnt.

Wir verlassen die Autobahn an der Abfahrt Le Luc und folgen der Beschilderung Richtung St. Tropez. Ich öffne die Fenster und atme den warmen Duft der Kiefernwälder ein und es überkommt mich wie jedes Mal ein tiefes Gefühl der Freude und Zufriedenheit. Die Sonne scheint tief und die Straße führt geradeaus durch die savannenähnliche Landschaft mit typisch südprovenzalischen Büschen und Bäumen. Rechts und links liegen die ersten Weingüter – große gepflegte Anwesen mit breit gesäumten Alleen aus hochgewachsenen Zypressen und in der Ferne die unendlich grün bewaldeten Berge des Massif des Maures. Nach nur einer halben Stunde Fahrt schlängeln sich enge Serpentinen an dicht mit Korkeichen, Pinien und Kastanienbäumen bewachsenen Hängen hoch hinauf bis in das Bergdörfchen La Garde-Freinet. Alles ist so beschaulich

13

wie im letzten Jahr. Romantische alte Steinhäuser, üppig bewachsen mit Weinreben säumen mit ihren farbigen hölzernen Fensterläden und den rostroten Dächern malerisch das Ortsbild. Wir fahren vorbei an kleinen Geschäften mit handbeschriebenen Angebotstafeln und winzigen Bistros mit hübschen Arkaden. Am schattig gelegenen Marktplatz erhaschen wir einen Blick auf die alten Herren beim Boule-Spiel. Die Ruhe, die Frische unter dem Laub der Bäume, die unaufgesetzte Ursprünglichkeit – da ist sie – die qualité de vie. Der Charme der Provence hat mich sofort wieder eingefangen.

Jetzt sind es nur noch wenige Minuten Fahrt den Berg hinunter, vorbei an duftendem Ginster, Zistrose und Wacholder und natürlich Lavendel. Schon hier ist die Aussicht über die gelbgrünen Felder mit den leuchtend roten Farbtupfern des gerade blühenden Klatschmohns unvergleichlich schön. Am liebsten möchte ich alle paar hundert Meter anhalten, um jedes einzelne Bild festzuhalten. Ich freue mich still und warte auf den

14

Moment, wenn hinter der letzten Wegbiegung der grüne Hügel mit dem Château Féodal, der Burgruine, die über dem Dorf thront, erscheint.

Grimaud, du zauberhafter Platz inmitten von Olivenhaien und Weinfeldern. Du magischer Ort mit deiner üppigen Blütenpracht strahlend violetter Bougainvillea, orangefarbenem Geißblatt und duftendem Jasmin, die bis hinauf auf die Dächer deiner liebevoll restaurierten Steinhäuser ranken, eingefasst von prächtigen Agaven, Kakteen und Steingewächsen. Ich freue mich, gleich durch die eng gepflasterten kleinen Gassen mit ihren Treppchen, Torbögen und schön lackierten Holztüren, vorbei an unzähligen winzigen Kübel- und Topfgärten, hübschen Brunnen, lauschigen Plätzen und Kirchen zu schlendern. Was für ein fantastisches Farbspiel aus Farben und Formen, wenn das wärmend weiche Licht der frühen Abendstunden die Patina der Jahrhunderte streichelt.

Was habe ich dich vermisst.

Stundenlang genügt es mir, von hier das atemberaubend weite Panorama über die wunderbar mediterrane Landschaft zu genießen und meinen Blick hinunter zur glitzernden Küste mit der herrlichen Aussicht auf die Bucht von St. Tropez schweifen zu lassen.

Das Leben ist bunt, genau wie die Farben, die mich umgeben. Alles ist wieder möglich.

Ich atme, entspanne und biege in den Chemin Mignonne ein.

Da sehe ich sie in der Ferne.

Bonnie.

Wie schön.

Wir sind da.

Bonnie

Selbst wenn wir einander Monate oder sogar Jahre nicht gesehen haben, fühlt es sich beim Wiedersehen immer noch so an, als wäre unser letztes Treffen erst gestern gewesen.

Bonnie steht wie immer unter den beiden großen Oleanderbüschen, die den Eingang der wunderschönen Anlage säumen. Blond, attraktiv, hochgewachsen und mit dem typischen Sommer-Glow im Gesicht. Eine strahlende, zeitlos klassische Schönheit. Claire sitzt auf der alten Steinmauer daneben und wippt mit ihren kleinen Füßen aufgeregt auf und ab. In ihren türkis und rosé bestickten Tunikakleidern könnte man beide direkt für eine Modestrecke fotografieren, denke ich.

Als Claire uns einfahren sieht, springt sie herab, klatscht in die Hände und winkt wild mit beiden Armen. Jedes Mal, wenn ich sie sehe, denke ich, dass sie in jeder Form einfach die perfekte Miniaturausgabe ihrer Mutter ist. Ich grinse und winke durch mein

Schiebedach, Clemens neben mir lacht und sagt: »Schau Mama, Claire, wie sie sich freut, sie fällt vor Aufregung gleich die Treppe herunter!«

»Bonjour, bonjour, hübsch seht ihr aus! Tolle Fummel«, sage ich, als ich aussteige. Wir umarmen uns, schauen kurz, ob wir uns verändert haben – glücklicherweise nicht, vielleicht ein, zwei Fältchen mehr – aber wir sagen uns sowieso immer wieder, dass wir einfach jung geblieben sind – im Herzen wie auch in der Erscheinung. Ich vermute, dass wir uns das auch noch mit siebzig Jahren zuflüstern werden.

Claire umarmt Clemens ganz fest. Ich weiß, dass ihn das sehr freut und er von ihrer Wiedersehensfreude geschmeichelt ist. »Die Kleider haben wir heute extra auf dem Markt gekauft, nur für euch zum Empfang. Dir holen wir auch so eines«, lacht Bonnie.
»Ach Bonnie, wie ich mich freue, dich zu sehen«, sage ich und drücke sie erneut.
»Endlich!«

18

Während ich die ganzen Koffer und Taschen auslade, lacht Bonnie laut: »Charlie, du hast tatsächlich wieder deinen ganzen Hausrat dabei.«

Ich zwinkere ihr zu und antworte: »Man weiß schließlich nie, was kommt.«

»Na, da hast du auch wieder recht. Ich freue mich jedenfalls auf alles«, stimmt Bonnie zu.

Die Kinder rennen mit zwei Taschen voraus, Bonnie und ich schleppen das restliche Gepäck zum Ferienhaus.

Alles ist unverändert und so gewohnt wie immer. In der Anlage blühen Oleander, und liebevoll angelegte Beete mit Kräutern und Lavendel säumen die kleinen Kieswege, die zu den Ferienhäusern führen. Das gelbgetünchte provenzalische Reihenhäuschen, inmitten der pittoresken Ferienanlage mit den hübschen weißen Sprossenfenstern, strahlt in der Sonne. Im Vorgarten hinter der antiken Holztür mit schwerem Eisenbeschlag begrüßt uns der alte stämmig gewachsene Olivenbaum, die große Schatten spendende Feige und darunter die beiden weißen Holzstühle mit dem kleinen runden Mosaik-Tisch. Sofort sind viele Erinnerungen für mich ganz nah. Erinnerungen an dunkle, aber auch viele helle Tage und an Abende, deren Gespräche bis spät in die Nacht hinein reichten. Vor allem aber Erinnerungen an kostbare Momente, die ich tief in mir aufgehoben habe.

»Herzlich willkommen«, ruft Claire und breitet ihre Arme zum Eintreten weit aus. Das Ferienhaus ist auch von innen eine Augenweide. Wunderschön mit hellen geflochtenen Korbmöbeln, viel weißem Leinen, cremefarbenen Sisalteppichen und hübschen blau-weißen Kissen eingerichtet, hat es im ersten Geschoss drei kleine Schlafzimmer und ein Bad. Überall liegen Treibholzfunde und Muscheln. Alles ist hell, luftig und riecht nach Sommer. Im Erdgeschoss befindet sich die offene Küche mit anschließendem Wohnzimmer. Aber das Allerschönste ist die prächtige, mit Blauregen umrankte Terrasse, von der man einen weiten Blick über die mit Weinbergen bewachsene Campagne bis

20

hinunter zur Küste von Port Grimaud hat. Ich stelle meinen Koffer ab und trete hinaus. Die weißen Vorhänge wehen sanft im warmen Wind. Die Luft ist blütenschwer. Der Himmel zartblau. Es ist unmöglich, hier nicht zu lächeln.

Claire und Clemens wollen an den Pool. »Wunderbar, macht das«, sagt Bonnie, »dann kannst du erstmal in Ruhe ankommen. Ich habe Rosé und Crudités mit Anchovis-Dip da – wie jedes Jahr – comme chaque année!«

Ich liebe diese französische Vorspeise aus frischen Gemüsestücken, die in diesen köstlichen Dip, den Bonnie nach dem Originalrezept aus Frischkäse und Sardellen fertigt, eingetunkt werden, dazu ein kaltes Glas Rosé, c'est tout!

»Bonnie, darauf freue ich mich jetzt richtig! Schau, ich habe dir was mitgebracht.« Ich hole ein in creme-farbenes Seidenpapier eingepacktes Päckchen aus meiner Reisetasche. Als Kontrast habe ich es mit einer pinken Schleife verziert.

»Oh Charlie, was ist das?«

»Pack es einfach aus!«

Ganz langsam zieht sie die Schleife auf und wickelt vorsichtig das Papier ab. »Das kleine Keramik-Reh, das bei deinen Eltern in der Küche stand. Charlie, das ist so wunderhübsch. Das habe ich immer schon geliebt. Und was steht da auf dem Zettel – das Bambi in der Kategorie Freundschaft. Charlie, du bist einfach die Beste, was für eine schöne Idee. Ich danke dir.« Bonnie umarmt mich fest. »Und jetzt nehmen wir erstmal den Aperitif und heute Abend gehen wir ins Restaurant am Markt. Sie freuen sich schon, dass ihr wieder hier seid, insbesondere Claude.« Bonnie zwinkert mir zu. Sie hat immer die Hoffnung, dass ich hier in Frankreich eines Tages eine Amour fou finde. Ich verdrehe meine Augen.

»Charlie, es wäre wirklich mal an der Zeit für einen netten Mann in deinem Leben! Wie lange ist es jetzt her

22

– sieben Jahre? Clemens wird seinen Weg gehen und du kannst nicht ewig nur arbeiten und den Salon führen. So schön das auch sein mag.«

»Ja, schon gut«, sage ich, »aber mit Sicherheit keinen Claude!«

»War ja auch nur ein kleiner Spaß, er findet dich so adorable, wie er immer sagt. Und wie er dann mit den großen braunen Augen rollt. Ich finde, wir brauchen einfach ein paar Sensationen.« Wir müssen beide lachen. So war das schon immer.

»Und Mathis, wann kommt er?«, frage ich.

»Er hat gerade wieder einen neuen Auftrag und arbeitet quasi Tag und Nacht und kommt nicht aus München weg. Wir haben nun also alle Zeit der Welt für uns«, grinst sie.

Wir setzen uns an den mit blau-türkis marmorierten Keramiktellern und rustikalen Weingläsern hübsch eingedeckten Holztisch auf der Terrasse.

»Santé! – Auf dich, Charlie – und auf unsere Freundschaft«, Bonnie lacht mich breit an und schwenkt ihr mit Rosé gefülltes Weinglas. – »Du musst mir en détail erzählen, was es alles Neues gibt. Aber zuerst – was macht die gute alte Cleo?«

Cleo

»Was kann mir schon geschehen? Glaub mir, ich liebe das Leben. Das Karussell wird sich weiterdrehen. Auch wenn wir auseinandergehen« (aus Vicky Leandros »Ich liebe das Leben«).

Ich schaue Bonnie an. »Cleo ist fröhlich wie immer. Sie begeistert sich für ihre Lesungen und ist ununterbrochen unterwegs. Ihre Ansicht kennst du ja«, lächele ich, »man ist nie alleine, wenn man genügend Bücher um sich hat.«

»Ach, das ist schön zu hören, Cleo, wie sie leibt und lebt. Ich vermisse sie und ich hoffe, dass ich sie bald mal wiedersehe«, antwortet Bonnie, während sie einen großen Schluck Rosé nimmt.

Bonnie und ich kennen uns seit der Schulzeit. Genauer gesagt war sie schon dort, als ich in ihre Klasse kam. Noch bevor ich vorgestellt werden konnte, sah sie mich an und rief: »Ach du liebe Zeit, schon wieder ein Neuer«, und das, obwohl sie selbst wie ein kleiner Junge aussah. Wir mussten beide lachen und genau in diesem Moment begann unsere Freundschaft. Es war Sympathie auf den ersten Blick.

Ich hatte damals sehr kurz geschnittenes Haar, nicht weil ich das so wollte, sondern weil meine Mutter Cleo, die über ausgesprochen fülliges und langes goldblondes Haar verfügte, fest davon überzeugt war, dass wenn man mir die Haare regelmäßig kurz schneidet, sie mit der Zeit dicker werden. »In der ganzen Familie haben wir noch keinen Fall gehabt, der so dünnes Haar besitzt«, sagte sie regelmäßig, fast vorwurfsvoll, »aber du hast eine gute Augenpartie, wir können uns bei dir die kurzen Haare erlauben.« Das sah ich ganz anders. Und als nach zwölf Jahren unzähliger Diskussionen die Haare immer noch nicht dicker waren, kürzte ich mir eines Tages vor lauter Wut den Pony und den halben Oberkopf auf so kleine Borsten, dass ich wie ein Radieschen aussah. Begeistert von meiner eigenen Courage und frisch frisiert, betrat ich erhobenen Hauptes ihre Buchhandlung.

Cleo war entsetzt und ihr einziger Kommentar war: »Charlotte, dafür habe ich wirklich kein Verständnis, wie kann man sich nur so verschandeln. Du siehst völlig zerfressen aus. Das ist pure Selbstverstümmelung. Aber gut, so musst du durch die Gegend laufen.« Nachdem ich mir mehrere mitleidige Kommentare ihrer Kundinnen anhören musste, zog ich es vor, für einige Zeit dort den Publikumsverkehr zu meiden. Und dennoch hatte ich erreicht, dass das Haarthema bei uns für alle Zeiten erledigt war und ich meine Haare seitdem konsequent lang trage.

Bonnie und ich wurden Komplizinnen. Wir waren, wie man so schön sagt, unzertrennlich.

Die Schule war unser Paradies, ein Ort unerschöpflicher Geschehnisse, Attraktionen und Beziehungsgeflechte, die einen unendlichen Gesprächsstoff lieferten, so dass wir mitunter gar nicht hinterherkamen, alle Neuigkeiten aufzugreifen, zu ordnen und zu bewerten. Wir waren Nachrichtensprecher, Paparazzi, Reporter, Botschafter und Geheimnisträger in einer Person.

Regelmäßig wurden wir auseinandergesetzt, was uns nicht davon abhielt, während der Stunden kleine Zettel zu schreiben, die wir mit einer Art Seilsystem unter den Bänken transportierten. Natürlich wurden wir dabei erwischt und mussten uns dann wieder etwas Neues einfallen lassen. Einmal verzehrte Bonnie in letzter Sekunde sogar ein Schreiben, das gerade an mich auf den Weg gebracht werden sollte, um dem Elternbrief noch zu entgehen. Selbst nach der Schule telefonierten wir umgehend, um den Tag noch einmal Revue passieren zu lassen. So lange, bis mein Vater Kostja das damalige Mittel der Wahl nutzte und das Kabel aus der Steckdose zog. Er hat unsere, wie er gerne sagte, sinnlosen Dauergespräche über Alltagsgeschehen und Mitmenschen nie wirklich verstanden.

Dagegen blickte meine Mutter Cleo wohlwollend auf uns. Wenn mein Vater sich bei ihr beklagte, weil er wieder einmal der Meinung war, die Schule würde wegen der ganzen Quatscherei leiden, entgegnete Cleo immer: »Kostja, solange die Schulnoten im Normalbereich liegen, lass sie doch ihren Spaß haben, wichtig ist, dass sie den Lappen bekommt.« Mit

Lappen meinte sie das Abitur. Er antwortete dann immer knurrig, dass »der Normalbereich ja ein sehr dehnbarer Begriff sei«.

Und noch viele Jahre später, als meine Schulzeit längst erfolgreich hinter uns lag, kam er zum größten Entsetzen und zur höchsten Verärgerung meiner Mutter immer wieder genau darauf zurück: »Cleo, aber du musst mir doch beipflichten, wenn Charlotte damals mehr Vokabeln gelernt hätte, dann hätten wir am Ende ein wesentlich besseres Abitur gehabt.«

Ich glaube, dass Cleo sich in Bonnie als junge Frau wiederfand: originell, unkonventionell und voller Neugier. Oder wie Bonnie gerne zu sagen pflegte: »Ich bin nicht neugierig Charlie, ich bin einfach aufmerksam«!

Cleo und Bonnie mochten sich von Anfang an. Regelmäßig sagte Cleo: »Bonnie, wenn du mal eine Bleibe brauchst, dich nehme ich jederzeit auf, du könntest tatsächlich meine zweite Tochter sein«, was Bonnie natürlich sehr gut gefiel.

Nur Kostja war darüber äußerst besorgt. »Verschone mich bitte mit diesen Ideen, Cleo, meine Liebe zu dir ist tief, aber nicht unbegrenzt. Nachher haben wir dieses Mädchen im Haus und bekommen sie gar nicht mehr los.«

Ich habe mich manchmal schon gefragt, wie meine Eltern überhaupt zueinander gefunden haben, denn mein Vater war ausgesprochen konservativ, kritisch und gleichzeitig auch noch sehr introvertiert. Aber es war wohl genau dieser Gegensatz, der ihre Beziehung befruchtet hat. Vor allem aber war es ihre Liebe zu Literatur, Musik und Kunst. Nahezu jede freie Minute verbrachten sie miteinander, denn mein Vater arbeitete als Redakteur meist von zu Hause aus. Jeden Abend bereitete er das Abendessen für uns zu und holte Cleo dann bei einem Spaziergang nach Ladenschluss in ihrer Buchhandlung ab.

Da Cleo die Idee des offenen Hauses lebte, »wer kommen will, kann kommen«, war es gut, dass er über ein eigenes Zimmer verfügte, in das er sich dann, wenn es ihm zu hektisch wurde, auch umgehend zurückzog.

Ein wenig Gesellschaft ja, aber zu viel Trubel war überhaupt nicht sein Metier.

Cleo war nie die klassische Mutter, wie sie andere Freundinnen hatten. Schon optisch ist sie auch heute noch eine außergewöhnliche Erscheinung. Sehr filigran und anmutig, mit römischem Profil, die üppigen Haare kunstvoll hochgetürmt, trägt sie zu Jeans immer Rüschenblusen, Stehkragenblazer und ganz viel Schmuck. Und trotzdem wurde ich seit jeher um sie beneidet, insbesondere für ihre Herzlichkeit und ihren Optimismus. »Ruhe bewahren, Ruhe ausstrahlen« ist ihr Lieblingssatz. Und natürlich auch deshalb, weil jeder in ihrer »Kleinen Buchhandlung am Markt« willkommen war. Für meine Freunde und mich hatte sie extra ein Zimmer eingerichtet. Hier saß ich oft mit Bonnie, die es liebte, die Kundschaft zu beobachten und im Verkauf auszuhelfen.

Und für einen Teller selbstgekochter Schmiere oder Schlamm - Cleos Bezeichnung für Spaghetti Bolognese und Schokoladenpudding - gab es aufgrund der starken Nachfrage sogar eine von Bonnie geführte Warteliste, die nach Wichtigkeit der Informationsquelle im Hinterzimmer der Buchhandlung abgearbeitet wurde.

Gab es bei uns Krisen, sang meine Mutter mit ihrer opulenten Stimme »Ich liebe das Leben« von Vicky Leandros. »… Was kann mir schon geschehen? Glaub mir, ich liebe das Leben. Das Karussell wird sich weiterdrehen. Auch wenn wir auseinandergehen …«

»Cleo würde dich auch gerne wiedersehen, Bonnie. Und es gibt große Neuigkeiten bei ihr«, sage ich und führe lachend aus: »Sie ist verabredet.«

»Ui, hat sie einen Verehrer?«

Ich nicke.

»Wow, echt jetzt? Wer ist es, kennst du ihn?«, fragt Bonnie begeistert, während sie ein Stück Sellerie in den Dip tunkt.

»Ach, sie hat ihre Jugendliebe aktiviert, Johannes, du weißt schon den Maler«, lache ich.

»Nein, das glaube ich nicht, wie hat sie das wieder gemacht? Wie alt ist er inzwischen? Aber nicht, dass er denkt, dass sie ihn durchfüttern will. Ist er mit den Bildern überhaupt erfolgreich?«, fragt Bonnie neugierig.

»Er ist etwas älter als sie, also 75 Jahre. Ich glaube, dass er ganz gut lebt. Sie haben sich geschrieben und nun haben sie sich getroffen. Mehr weiß ich aber auch noch nicht.«

»Das finde ich großartig. Cleo ist einfach immer für eine Überraschung gut. Wie lange haben sie sich nicht gesehen?«, fragt Bonnie.

»Na, fast fünfzig Jahre«, sage ich.

»Mon dieu! Charlie, überleg mal, wenn du dich so lange nicht getroffen hast, wie das ist, wenn du dich dann das erste Mal wiedersiehst. Ich meine, du hast ja noch das alte Bild im Kopf und dann stehen da zwei alte Menschen, auch wenn Cleo natürlich noch immer top aussieht. So lange wartest du aber bitte nicht bis zu deinem nächsten Rendezvous, Charlie!«

Wir kichern beide bei der Vorstellung.

»Ich gehe davon aus, dass sie sich vorab schon einmal Bilder zugemailt haben«, sage ich. »Sonst wäre das ja schlimmer als im Fernsehen: Überraschung – ›Und hier kommt Ihr Herzblatt‹ – und dann steht ein völlig Fremder vor dir und aus Anstand musst du sagen: ›Schön, dich zu sehen‹ oder: ›Ach, du hast dich aber gar nicht verändert‹, und in Wirklichkeit denkst du, dass es wohl wäre besser gewesen, man hätte dieses Treffen nie arrangiert«, lache ich. »Ach, was soll's, ich finde das gut, dass sie mit ihm verabredet ist, selbst wenn daraus nichts wird. Scheinbar hat sie ja immer noch an ihn gedacht. Wir müssen das im Auge behalten. Sie erlebt vielleicht gerade jetzt ihren zweiten Frühling. Ich gönne es ihr wirklich. Darauf lass uns anstoßen!«

Sie schubst mich mit ihrem Ellenbogen an: »Hey, das ist doch echt okay. Das ist ja auch nicht gegen deinen Vater gerichtet.«

Ich nicke schweigend und denke, dass es sehr gut ist, dass Kostja dieses Gespräch nicht mit anhören kann. Er würde sich wieder einmal darin bestätigt fühlen, dass er vom ersten an Tag davon überzeugt war, dass die Freundschaft mit Bonnie nur Ärger und Unruhe in unsere Familie bringt. In Gedanken sehe ich ihn, sichtlich verärgert mit einem Käsebrot und einem Glas Rotwein die Treppe zu seinem Zimmer hochsteigen, um dem Geschehen für längere Zeit aus dem Wege zu gehen.

Clemens und Claire sind inzwischen vom Schwimmen zurück. »Lasst uns schick machen, wir gehen jetzt zu Claude, die warten schon auf uns«, ruft Bonnie.

Clemens fragt mich: »Wer ist Claude?«

»Na, der Kellner vom Restaurant am Markt«, antworte ich.

»Ach so«, sagte Clemens und geht in sein Zimmer.

»Ziehst du das blaue Hemd und die beige Hose an, Clemens?«, sage ich.

»Ja, mache ich, aber ist Luc, der Chef, nicht mehr da?«, fragt er.

»Doch natürlich, er freut sich auch schon«, antworte ich schnell.

Auch wenn Clemens nie etwas sagen würde, so hat er doch immer ein gutes Gespür dafür, wenn Bonnie etwas ausheckt. Kinder sind in dieser Hinsicht einfach schlau, lächele ich und packe meinen Koffer aus. Natürlich habe ich wie immer viel zu viel mitgenommen und auch bei den Schuhen war ich äußerst großzügig. Ich hatte nicht gezählt, aber es sind rund zehn Paar mitgekommen, auch wenn ich dann in der ganzen Zeit nur zwei davon wirklich zum Einsatz bringe. Egal, besser zu viel als zu wenig! Dafür mussten Clemens' Sachen etwas spärlicher gepackt werden. Wie gut, dass ihm das noch nicht wichtig ist – noch nicht.

Ich habe mich so darauf gefreut, endlich wieder meine schönen Hippiekleider anzuziehen. Jedes Jahr kommt mindestens ein neues dazu. Heute entscheide ich mich für das rosa-weiß gemusterte Midikleid mit der bunten Blumenstickerei an Ärmeln und Kragen. Ich binde mir die Haare zu einem lässigen Knoten zusammen, streife die goldenen Riemchensandalen über und nehme meine kleine runde Sommerkorbtasche, die ich nur hier trage.

Ein wenig Wimperntusche, etwas Rouge, c'est tout!

Als wir uns alle fertig angezogen zum Gehen treffen, muss ich nur Bonnie ansehen und weiß, dass wir gleichzeitig denken, welch tolles Gespann wir vier doch sind.

Dann steigen wir die kleinen Steingassen zum Marktplatz hinauf. Die Abenddämmerung liegt friedlich über dem beschaulichen Örtchen »Ach Kinder, seht nur die ganzen Farben, ist das alles wunderschön hier«, sage ich immer wieder. Und alle antworten lachend: »Ja Charlotte, das ist es!«

Immer am ersten Abend kehren wir in das kleine alte Restaurant am Markt ein. Das Ambiente ist bezaubernd mediterran, fast romantisch, was vor allem an der grün umrankten Terrasse und den mit vielen bunten Windlichtern eingedeckten Tischen liegt. Bonnie und ihre Familie sind gerngesehene Gäste und deshalb bekommen wir immer den begehrten Tisch am Ende der Terrasse. Die Vorspeise hatten wir bei Bonnie, nun freuen wir uns auf frischen Fisch und die Kinder auf ihr Riesenomelette, mal mit Pilzen, mal mit Tomaten,

»suprise, surprise«, der Chef de Cuisine lässt sich immer etwas einfallen.

Luc, der Maître, ein Charmeur, wie er im Buche steht, eilt, als er uns kommen sieht, sofort auf die Terrasse und begrüßt uns überschwänglich und mit deutlich mehr als den üblichen vier Küssen. Hinter ihm steht schon Claude, der mich fest in den Arm nimmt und sagt: »C'est bon de te revoir, Charlie.« Claude strahlt mich an. Bonnie grinst breit. Mir ist das Ganze schon jetzt äußerst unangenehm.

Claude bringt uns zu unserem Tisch. »Schau an, schau an, dieses Blumenbouquet gibt es sonst für uns nicht«, sagt Bonnie, »das ist sicher nur für dich.« Clemens fragt, ob die Blumen von Luc seien. Doch bevor Bonnie ausschweifend antworten kann, sage ich, dass das Blödsinn ist und doch auf allen Tischen Blumen stehen. »Aber nicht so wie bei uns«, ergänzt Bonnie.

Wie gut, dass Claire Clemens fragt, ob sie kurz noch auf den Marktplatz laufen sollen, denke ich. Und Claude wird glücklicherweise am Nachbartisch verlangt. Ich bin erleichtert und lehne mich entspannt zurück.

»Charlie, mache dich jetzt mal locker, und du postest bitte gleich etwas, o. k., dann können wir sehen, wer es alles liked.« Bonnie ist zwar in den sozialen Netzwerken angemeldet, aber eigentlich nur, um den Überblick zu behalten.

»Na gut, ich lade es dann hoch.«

»Wir beide, wie in alten Zeiten«, das ist ihr Lieblingsspruch.

Clemens und Claire sind zurück und Claude bringt uns den Aperitif.

»Claude soll das Foto machen«, ruft Bonnie.

»Hör auf jetzt«, sage ich. Aber da hat sie schon Claude das Handy in die Hand gedrückt.

Claude sagt, dass es ihm Vergnügen bereitet und Bonnie verspricht ihm, soweit ich ihr schnelles Französisch verstehe, einen Bisous von mir. Ich werfe schleunigst ein, dass es nur ein Lächeln gibt, »seulement un sourire«.

Während Clemens fest meine Hand drückt, raunt er mir zu, dass er nicht gut findet, wie Claude mich anschaut. Er ist daher auch der Einzige, der auf dem Foto nicht lächelt, da er für mich die größten Bedenken hat.

Ich poste das Foto mit Herz und dem Vermerk: »Comme chaque année.« Dann kommt auch schon das köstliche Essen.

»Was machen wir morgen?«, fragt Claire.

»Wir gehen zuerst auf den Markt nach Port Grimaud und dann dort an den Strand.« Ich muss eine ganze Reihe Sachen kaufen, aber vor allem brauche ich für Helen ein schönes Mitbringsel.

»Aber mittags wollen wir wieder an den Pool«, rufen Claire und Clemens, »Lilli und Ben warten.«

»Wer ist das?«, frage ich.

»Wir haben sie heute am Pool kennengelernt und uns gleich für morgen verabredet.«

Das Gute an Clemens ist, dass er, egal wo wir sind, sofort Anschluss findet. Aber auch mit Bonnie hat es noch nie Probleme gegeben. Morgens Programm für die Erwachsenen, mittags für die Kinder. Ich fühle die Müdigkeit der langen Fahrt, der Wein tut sein Übriges. Zum Abschied bekommen wir noch hausgemachte Tarte au Chocolate auf den Weg und versichern eifrig, dass wir in den nächsten Tagen wieder vorbeikommen werden.

Au revoir – a. bientôt. Was für ein wunderschöner erster Abend, ich freue mich auf alles, was die Zeit in Grimaud noch bringen wird.

Bonnie hakt sich bei mir unter. »Wer hat geliked?«, fragt sie.

»Cleo, der Mädchensalon und unsere halbe Jugend«, grinse ich.

»Das muss ich mir morgen früh ganz genau anschauen«, sagt sie, bevor sie in ihr Zimmer geht.

»Bonne nuit, Charlie, es ist so schön, dass wir uns wiederhaben!«

Als ich dann in meinem Bett liege und durch die kleinen Sprossenfenster hinauf in den Nachthimmel schaue, fühle ich mich wie schon lange nicht mehr in unser kleines Holzhaus am Waldrand zurückversetzt.

Der Mädchensalon und ich

Zuhause ist nicht nur ein Ort, sondern ein ganz besonderes Gefühl.

Wir bewohnten damals das alte Jagdhaus, ein über dem Städtchen gelegenes schwarz gestrichenes kleines Holzhaus mit weißen Sprossenfenstern und grünen Fensterläden inmitten eines großen, wild angelegten Gartens. Innen prächtig gefüllt mit Büchern, Erbstücken und antiquarischen Sammlungen alter Blumen- und Kräuterstiche. Cleo hatte ein Faible für antike Lampen und Steingut. Überall im ganzen Haus standen bunt bemalte Tontöpfe und andere Fundstücke, die meine Mutter von ihren Streifzügen auf Trödel- und Antikmärkten und von Reisen mitbrachte. Ein alter Nachttopf, bemalt mit Blumengirlanden, war dabei und diente als Übertopf für Primeln und Stiefmütterchen.

Im Wohnzimmer standen ein graugrüner Kachelofen, der heute charmant als greige bezeichnet würde, ein ovaler Esstisch mit hell gepolsterten Biedermeierstühlen, raumhohe eingebaute Holzregale, zwei alte Ledersessel und ein großes cremefarbenes Leinensofa, das mit handgewebten Kelimkissen geschmückt war. »Man muss die Kissen so draufwerfen, dass sie wie selbstverständlich dort liegen, auf keinen Fall dürfen sie akkurat platziert sein«, pflegte Cleo zu sagen.

Früher war ich von den vielen alten Dingen überhaupt nicht begeistert. Heute weiß ich die liebevollen Einzelstücke mit ihren faszinierenden Geschichten sehr zu schätzen. Insbesondere die »Gefühlskiste«, eine braune Holztruhe, die Cleo vor vielen Jahren bei einem Schreiner unter Schutt und Staub entdeckte. Für diese Kiste trat Cleo wochenlang in hartnäckige Verhandlungen mit dem Besitzer, bis der gute Mann schließlich aufgab und ihr das völlig heruntergekommene Stück verkaufte. Nach mühseligen Restaurierungsarbeiten wurden von ihr darin die alten Tagebücher meines Großvaters verwahrt. Noch heute öffnet Cleo an Silvester die

Truhe und wir schauen uns gemeinsam die vielen Erinnerungen und alten Fotografien an.

Unter dem Dach, das über eine knarzende Holztreppe erreichbar war, lagen mein Mädchenzimmer, Kostjas Bibliothek und das Schlafzimmer meiner Eltern.

Aber das Schönste im ganzen Haus war die große Wohnküche mit ihrer eingelassenen Sitzecke und dem mit feinen Porzellan und bunten Gläsern befüllten hellbraunen Apothekerschränkchen.

Von hier fiel der Blick auf die Rosen umrankte Terrasse, von der man rechts den stillen Wald und links das alte lebhafte Städtchen sah – das perfekte Sinnbild für den in sich ruhenden Kostja und die quirlige Cleo.

Noch heute spüre ich tiefe Wehmut, wenn ich zurückdenke und allabendlich durch die halbangelehnte Küchentür meinen Vater im warmen Licht der Deckenlampe mit einem Glas Rotwein am Tisch sitzen sehe. Cleo an ihn gelehnt und vor ihnen jede Menge Bücher und Zeitschriften ausgebreitet.

Jeder unserer Tage begann und endete hier. Der geliebte Mittelpunkt unseres damaligen Lebens.

Sehr zum Missfallen von Kostja war es zweimal im Jahr schlagartig mit der ganzen Gemütlichkeit vorbei. Dann reiste Cleos Verwandtschaft strahlenförmig aus ganz Deutschland an und im Häuschen herrschte Hochbetrieb.

Cleo war schon Tage vorher aufgeregt, schwelgte in üppigen kulinarischen Vorbereitungen und der vollkommenen Freude, dass »endlich wieder Leben in die Bude« kommt. Ihre Herzlichkeit und die vielen liebevollen Details, die sie sich immer wieder einfallen ließ, garantierten für alle unvergessene Tage. Schon am ersten Abend platzte unser Haus gefühlt aus allen Nähten. An diesen drei Tagen schaffte ich es nicht ein einziges Mal, mit Bonnie zu sprechen. Es gab jede Menge zu tun. Es war Ausnahmezustand.

Und Kostja machte kein Hehl daraus, dass er sehr glücklich war, wenn nach dem Wochenende endlich wieder Ruhe einkehrte.

46

»Eine schrecklich laute Familie, man hat das Gefühl, alle seien schwerhörig, und dann, Charlotte, erzählen sie doch immer wieder die gleichen alten Geschichten. Ich verstehe gar nicht, dass deine Mutter da immer wieder so begeistert mitmacht.« Doch ich konnte dem nicht beipflichten, denn ich war von diesen Tagen genauso entzückt wie sie.

Cleo wirbelte gemeinsam mit mir zwischen Küche und Wohnzimmer hin und her. Ich liebte diese Familie, aber am meisten verehrte ich meinen Großvater. Er stand unangefochten im Mittelpunkt. Ein charmanter Patriarch, der sich bis ins hohe Alter seine Attraktivität und Ausstrahlung bewahrt hatte und die tollsten Geschichten erzählen konnte. Jeder wollte bei ihm sein, jung wie alt. Seitdem er Witwer war, hatte ich das große Glück, dass ich immer neben ihm ein Plätzchen bekam. Eng an ihn gekuschelt lauschte ich Gesprächen, von denen ich als Kind nicht viel verstand. Ich erinnere mich an die Wärme und Geborgenheit, die ich an seiner Seite empfand, und an den würzigen

Pfeifenduft, der noch tagelang später in den Räumen schwebte.

Es war nie schön, wenn sich diese Tage dem Ende zuneigten, und Cleo und ich hatten anschließend immer einen riesigen emotionalen Kater. Ich konnte Cleo verstehen, dass sie stundenlang aufräumte, um sich, wie sie sagte, »abzureagieren«, und dann eilig in ihre Buchhandlung verschwand. Sie wollte nicht viel reden, denn der Zauber war vorbei. Und genau in diesen Momenten war es Kostja, der sie ohne viele Worte tröstete. Er war an ihrer Seite. Er war einfach immer an ihrer Seite.

Wenn ich an das Jagdhaus denke, dann empfinde ich eine kurze Sehnsucht, noch einmal »nach Hause« kommen zu können. Es schmerzt immer noch, dass der Ort, der mich durch mehr als mein halbes Leben begleitet hat und mir so viele unvergessene Momente geschenkt hat, nicht mehr zu uns gehört. Heute beherbergt es unter seinem Dach eine andere Familie mit ihren Menschen, Geschichten und Erlebnissen.

So sind die Erinnerungen unser Maßstab. Sie machen uns zu dem, was wir sind. Menschen verlassen uns und Menschen verändern sich. Die Jahre im Jagdhaus waren gehalten durch Traditionen und von den Menschen geprägt, die sie ausmachten. Aber sie waren nur möglich, so lange es all diese Menschen gab. So lösten sich liebgewonnene Traditionen im Laufe der Jahre auf und entwickelten sich in anderer Form weiter, anders, aber durchaus auch schön.

Das Leben lehrt uns immer wieder loszulassen. Cleo ist Realistin und Meisterin der Anpassung. Sie sagt immer: »Alles hat seine Zeit. Ich habe mehr gehabt, als ich mir gewünscht habe. Ich habe in einem schönen Haus gelebt, ich habe geliebt und wurde geliebt, ich habe ein Kind auf die Welt gebracht und ich hatte meine Buchhandlung, so wie ich es wollte. Das ist schon sehr viel, was ich erreichen konnte. Charlotte, ich habe meine eigene Zufriedenheit erreicht und dafür bin ich sehr dankbar.«

Ich blicke hinaus in die Nacht – so wie damals in meinem Mädchenzimmer – und schlafe ein.

Mein Wecker klingelt leise um sieben Uhr. Normalerweise schlafe ich in den Ferien gerne lang, aber hier liebe ich die Morgenstimmung und das Licht der aufgehenden Sonne. Clemens und Claire haben ein Zimmer zusammen und Bonnie wird nie früh wach. Sie schläft mit einer opulenten schwarzen Seidenschlafmaske und Ohrstöpseln und erinnert mich stark an Puck die Stubenfliege, wie ich schmunzelnd feststelle. Wenn Mathis da ist, dann natürlich nicht. »Bist du wahnsinnig, Charlie, das mache ich selbstverständlich nur, wenn ich alleine bin, das hält jung und schön!«

Ich steige leise nach unten, mache mir einen Milchkaffee und setze mich auf die kleine Steinmauer am Ende der Terrasse. Von hier aus habe ich einen fabelhaften Blick über die Weinreben bis weit hinunter ans Meer. Es ist schon angenehm warm. Ich denke an Carl. Ihm hätte es hier bestimmt gut gefallen. Ich streiche über das filigrane Perlenarmband, das ich immer am rechten Armgelenk trage und niemals ablege. Sein erstes Geschenk an mich, das mir so viel bedeutet. »Ich bin dein«, sagte er damals zu mir und reichte mir die kleine Schatulle. Das war immer noch einer der schönsten Momente in meinem Leben, denke ich.

Jeden einzelnen Tag vermisse ich ihn. Und obwohl Clemens immer weniger über seinen Vater spricht, versuche ich ihn in unserem täglichen Leben weiterhin präsent zu halten.

Oft spreche ich im Stillen mit ihm. Ich frage ihn um Rat, wenn ich Entscheidungen treffe, denke an ihn, wenn ich etwas Schönes sehe und habe ihm gegenüber ein schlechtes Gewissen, wenn mir ein anderer Mann ein Kompliment macht. Manchmal hasse ich ihn auch dafür, dass er uns verlassen hat. Und es gibt auch immer wieder Momente, in denen ich hoffe, dass er doch eines Tages vielleicht wiederkommt.

Ich habe mir nicht gewünscht alleinerziehend zu sein. Das war nie eine Option. Schon das Wort ist furchtbar. Aber es ist viel Richtiges daran, denn vor allem das

›allein‹ spürt man so oft. Es gibt unzählige Momente, bei denen ich mich alleingelassen fühle. Ich bin alleine auf Elternabenden, bei Arztterminen, im Urlaub oder einfach beim Frühstück oder Abendessen zu Hause. Und ich gebe es zu, es schmerzt sehr, wenn ich andere Familien glücklich zusammen sehe. Alleinerziehend hat nichts Schickes, es hat eher etwas Anstrengendes, etwas Unvollkommenes, etwas Benachteiligtes und etwas Deprimierendes.

Es war schließlich Bonnie, die die zündende Idee hatte und mich nach Grimaud holte. Das ist jetzt fünf Jahre her und mit diesem Urlaub änderte sich alles. Nicht nur, dass ich mich Hals über Kopf in dieses Stückchen Erde verliebte, sondern wir erträumten gemeinsam den wunderbaren »Mädchensalon«.

Damals war ich gerade dabei, den nächsten Urlaub für Clemens und mich zu planen, als mich Bonnie aufgeregt anrief und sagte: »Charlotte, es ist Schluss mit diesen schrecklichen Mutter-Kind-Cluburlauben.

Du buchst gar nichts. Wir müssen uns sehen. Ich habe alles in die Wege geleitet, Clemens bleibt bei Cleo, Claire ist auch versorgt und du kommst mit mir nach Südfrankreich. Ich möchte, dass du das hier kennenlernst, es wird dir gefallen, es wird dich verändern und ich habe außerdem eine Idee für dich, die ich ganz dringend mit dir besprechen muss. Keine Widerrede bitte!«

Zwei Wochen später fuhren wir beide nach Grimaud. Alles war organisiert.

Es war das erste Mal seit langem, dass nur wir beide zusammen Urlaub machten. Bis heute bin ich Bonnie dankbar für diese wunderbare Woche und ihren Plan, aus Carls altem Gewächshaus einen schönen Ort für Frauen zu schaffen. Einen Platz für Kreativität, Freude, für kleine, feine Events und für Freundschaften.

Eine moderne Fortsetzung des geliebten Literatursalons meiner Mutter, der gemeinsam mit der Buchhandlung und ihrer Kundschaft in den Ruhestand

54

ging. Der Mädchensalon als ein schönes Andenken an den unvergessenen Stil der Literaturabende, mit denen wir aufgewachsen sind.

Ich hüpfe vom Mäuerchen, es ist ein schönes Gefühl, dass heute das nach Hause kommen wieder Freude macht. Ich schlüpfe in mein Sommerkleid und mache mich auf den Weg, um beim Bäcker frische, warme Croissants fürs Frühstück zu kaufen.

Helen

»Ein Gesicht ohne Sommersprossen ist wie ein Himmel ohne Sterne.«

Bonnie ist wach. »Guten Morgen, oh Charlie, du bist einfach die Beste, du warst im Dorf und hast schon Frühstück gemacht. War viel los?«

»Nein, es war noch herrlich ruhig. Es ist morgens ein tolles Licht überall im Dorf. An der kleinen Kapelle stand die Tür offen und ich habe für uns alle Kerzen angezündet. Und der kleine Bäcker hatte zauberhaft schöne Törtchen, jedes für sich ein kleines Kunstwerk. Ich habe uns aber nur ein paar Croissants mitgebracht. Wir können ja später noch richtig einkaufen gehen.«

»Ja perfekt. So machen wir das. Danke für die Kerzen.« Bonnie nickt, während sie einen großen Schluck Zitronenwasser zu sich nimmt. Sie trinkt im Sommer morgens immer erst ein Glas Zitronenwasser, um den Stoffwechsel anzukurbeln, wie sie sagt. »Mein Morgenelixier. Das entschlackt perfekt.«

»Aber Charlie, lass uns bevor die Kinder aufwachen mal schnell schauen, was die Community macht. Ich bin gespannt, wer alles kommentiert hat«, sagt sie.

»Also mal sehen. Unser Beitrag hat jetzt insgesamt 110 Likes. Cleo hat geschrieben, wir sollen die Zeit genießen, Toni beneidet uns und schickt Herzchenemojis, Marcel aus der Schule schreibt ›Ihr Unzertrennlichen‹, und schau an, wie zu erwarten, hat Anton auch kommentiert.«

Anton war Bonnies Jugendliebe und ich bin der Meinung, dass er sie bis heute nicht vergessen hat. Auch wenn sie nun schon fast zwölf Jahre mit Mathis zusammen ist.

»Oh, zeig mal. Was hat er geschrieben?«, fragt Bonnie.

»Der alte Charmeur schreibt: ›Hübsch, ihr beiden, ihr werdet immer jünger‹«, grinse ich.

»Wunderbar«, findet Bonnie, »wir sollten antworten!«

»Und was?«, frage ich.

»Merci – was für ein schönes Kompliment! Auch der Herbst hat eben seine guten Seiten!«

Ich muss laut lachen, während ich das eintippe. »Mir tut Anton schon ein bisschen leid, er hatte doch echt gute Freundinnen. Ich verstehe nicht, dass er bei keiner länger als zwei Jahre geblieben ist. Ich denke, er vergleicht sie doch immer noch alle mit dir!«

Bonnie boxt mich leicht in die Hüfte. »Blödsinn, er will sich einfach nicht festlegen.«

Da bin ich mir allerdings nicht sicher, denke ich und antworte: »Egal, ihr seid ein schönes Paar gewesen und er ist ein netter Kerl, aber Mathis passt einfach besser zu dir!«

»So ist es. Ich hätte mir nie vorstellen können, mit Anton Kinder zu bekommen. Er war komplett auf mich fixiert, das war schön, aber er hatte für sich selbst so wenig Perspektiven«, pflichtet Bonnie mir bei.

Clemens und Claire sind nun auch munter und nach dem kurzen Frühstück packen wir unsere Strandtaschen und fahren zur größten Freude von Clemens mit Bonnies offenem weißem Mini Moke hinunter nach Port Grimaud.

Mini Mokes sieht man hier an jeder Ecke. Aber man muss sich gut festhalten, vor allem wenn man so sportlich wie Bonnie fährt. Um es genauer zu sagen, ich bin jedes Mal heilfroh, wenn wir am Ziel ankommen. Ich kralle mich schon direkt nach dem Einsteigen am Fenstergriff fest. Bonnie weiß das und fährt dann extra »gewagt«.

Sie lacht und ich verdrehe die Augen unter meiner Sonnenbrille. »Wollen wir mal rasant fahren?«, fragt sie nach hinten. »Au ja, Bonnie, fahre so schnell wie es geht«, ruft Clemens begeistert. Ich verdrehe noch mehr meine Augen. Nach ein paar Minuten sage ich, dass jetzt Schluss ist. »Spielverderber« werde ich betitelt. Aber das ist mir es wert. Bonnie fährt nun extra im Schleichgang. Clemens schimpft von hinten: »So macht das keinen Spaß.«

Ich bin lange nicht mehr so risikofreudig oder leichtsinnig, wie ich es früher war. Seit Clemens auf der Welt ist, hänge ich mehr denn je an meinem Leben.

Die Stimmung beruhigt sich dann, als Bonnie im Normalgang weiterfährt, und wir rollen den Berg weiter herunter. Die Sonne steht hoch am strahlend blauen Himmel, der Fahrtwind kitzelt im Gesicht und vor uns liegt der weite, von türkisblau bis dunkelblau gefärbte Golf von St. Tropez und an der Küste schon gut erkennbar die winzige Hafenstadt Port Grimaud, liebevoll und völlig zu Recht das kleine Venedig der Côte d'Azur genannt.

Port Grimaud muss man einfach ins Herz schließen. Es ist das lebhafte Pendant zum alten Grimaud. Komplett vom Wasser umgeben, erstreckt sich das Örtchen über vier Inseln, die von Kanälen durchzogen und durch unzählige winzige Brücken verbunden sind. Seine malerischen pastellfarben getünchten Fischerhäuser wurden ausschließlich auf Pfählen ins Wasser der Bucht gebaut und jedes mit einem eigenen Anlageplatz für Boote versehen.

»Ich muss zuerst auf den Markt, ich habe Helen versprochen, ihr dort ein Kleid zu kaufen«, sage ich, während wir aussteigen.

»Aber das kannst du doch auch noch auf einem anderen Markt machen«, antwortet Bonnie.

»Ich möchte ihr aber heute schon ein Bild vom Einkauf schicken, sie macht Haus und Mieze. Sie soll wissen, dass ich gleich an sie gedacht habe. Das ist mein Dankeschön, darüber freut sie sich richtig.«

Ich glaube, dass Bonnie manchmal ein bisschen eifersüchtig auf Helen ist, weil ich sie, wenn ich möchte, jeden Tag sehen kann. Sie würde das natürlich niemals zugeben.

»O. K., also gut, dann lass uns schauen gehen. Claire und Clemens, ihr helft mit, wer das Schönste findet, der wird belohnt!«

Wir schlendern Richtung Place du Marché und mischen uns unter das bunte Treiben des Wochenmarktes rund um den kleinen Hafen. Gasse für Gasse streifen wir durch die Stände, schauen hier, bleiben dort stehen und genießen das hübsch präsentierte Angebot an frischem Gemüse und Obst, Fleisch und Fisch, Kleidern, Körben, Schmuck und Kunsthandwerk. Überall darf probiert werden und in der Luft hängt ein herrlich würziger Duft. Wir entscheiden uns gemeinsam für ein weißes luftiges Kleid mit hübscher pastellfarbener Blumenstickerei, das Claire und Clemens entdeckt haben. Mit Obst, Käse und Brot gerüstet, laufen wir zum Strand, der direkt hinter dem Hafen beginnt. Ich mache ein Foto und schicke Helen eine Nachricht. Wir breiten unsere Strandtücher aus und ich blicke hinüber nach St. Tropez. Die Küste ist gesäumt von unzähligen großen und kleinen Yachten. Wassertaxis, die regelmäßig von Port Grimaud nach St. Tropez und St. Maxime ablegen, kreuzen sich und produzieren weiße Schaumkronen. Ein bunter Gleitschirm schwebt weit oben über dem Meer. Meine Füße vergraben sich im feinen, warmen Sand. Ich lausche dem gleichmäßigen Wellenschlag, für mich der Inbegriff von Entschleunigung und völliger Entspannung.

Claire und Clemens sammeln Treibholz, Bonnie telefoniert mit Mathis und Helen hat zurückgeschrieben. Sie ist begeistert vom Kleid, alles gut zu Hause. Ich setze meinen Strohhut auf und lehne mich zurück. Wie sich doch immer alles fügt und wie gut, dass es heute Helen in meinem Leben gibt.

Helen lernte ich mit dem Umzug zu Carl kennen. Sie war jahrelang einfach unsere Nachbarin, mit der wir uns im Sommer von Garten zu Garten über Pflanzen und das Wetter austauschten. Viel mehr hatte sich nie ergeben. Ihre Kinder waren schon groß, als Clemens auf die Welt kam, und wir hatten ansonsten wenige Überschneidungspunkte. Und dennoch steckt man doch immer wieder Menschen, die man gar nicht kennt, bewusst oder unbewusst in Schubladen. So war das auch bei Helen. Wenn Cleo bei uns zu Besuch war und durch den Garten lief, war sie ganz begeistert von der Blumenpracht bei Helen. Mehrfach verwickelte sie sie über den Zaun hinweg in ein Gespräch, das allerdings zu ihrer Enttäuschung bei rein botanischen Themen blieb. Ihrer Meinung nach hatte der Lebensstil mit den vielen Menschen, die im Nachbarhaus regelmäßig ein und aus gingen, etwas »Kommunenartiges«, wie sie sagte. Zu gerne hätte sie gewusst, wie Helen ihren Lebensunterhalt verdient und wie die genauen familiären Verhältnisse sind. Carl konnte ihr hier nicht zufriedenstellend weiterhelfen, verabscheute aber derartige Spekulationen zutiefst. Somit blieb die ganze Lage undurchschaubar.

Aber auch ich war von dem bunten Treiben nebenan fasziniert. Denn sobald es warm wurde, war Helen ununterbrochen mit ihren Gemüsebeeten und der riesigen Rosenzucht beschäftigt. Im Sommer platzierte ich meinen Liegestuhl deshalb so, dass ich Helens Garten über mein Buch hinweg genau im Blick hatte.

Ein zierliches Persönchen mit großen, dunklen Augen, das feingeschnittene Gesicht von unzähligen Sommersprossen übersät und von einem üppigen kastanienbraunen Lockenkopf eingerahmt. Wenn sie mich sah, winkte sie mir immer fröhlich herüber. Ich war mir nicht sicher, ob sie nicht genau wusste, dass ich mehr beobachtete als las. Aus der Entfernung sah sie mit ihrem alten Cowboyhut und ihren bunten

Oberteilen wie ein junges Mädchen aus. Ich wartete vergeblich auf eine spektakuläre Begebenheit. Sie hatte immer Besuch, aber ich kannte niemand davon. Letztlich konnte ich mehr als ein bisschen Hippiegeist innerhalb ihrer Großfamilie beim besten Willen nicht feststellen.

Carl hatte das kleine Reihenhäuschen von seiner Großmutter übernommen. Als wir uns kennenlernten, arbeitete ich schon in der Agentur und hatte eine hübsche Zweizimmerwohnung im Zentrum. Schon am ersten Abend war klar, dass wir uns wiedersehen werden. Er war so anders als meine bisherigen Freunde. Ich fühlte mich an seiner Seite vertraut und er hatte einen ausgezeichneten Humor. Es war immer lustig mit ihm. Carl fragte mich schnell, ob ich nicht bei ihm einziehen wollte. Mir gefiel die Gartensiedlung sofort. Wie ein kleines Dorf inmitten der Stadt. Die Häuser alt, winzig klein, mit weißen Sprossenfenstern, aber mit großen, langgezogenen Gärten und unanständig günstigen Mieten. Wir waren entschlossen zusammenzubleiben und wollten miteinander leben. Ich durfte das Häuschen so einrichten, wie ich wollte, er behielt seine Werkstatt, ein am Ende der Siedlung gelegenes altes Gewächshaus, das schon sein Großvater gepachtet hatte.

Ich lege mich auf mein Handtuch und schließe meine Augen. Ich weiß noch, wie Helen mit einem riesigen Stück Kuchen, einer bunten Karaffe Kakao und einer ihrer schönsten Duftrosen in der Hand vor meiner Tür stand. Ich wollte zu diesem Zeitpunkt niemand sehen und sie schon dreimal nicht. Dennoch öffnete ich die Tür einen Spalt. »Hey«, sagte sie. »Ich musste jetzt einfach mal klingeln, ich mache mir Sorgen um dich. Ich sehe dich gar nicht mehr. Ich habe deinen Vater angesprochen und er hat gesagt, dass ich klingeln darf. Kann ich reinkommen? Ich habe Kuchen und Kakao dabei und schau her«, sie drückte mir eine wunderschöne rosa Rose in die Hand, »aus der schönsten Zucht dieses Jahr, riech mal.« Ich war zu schwach, um sie abzuweisen, und ehe ich mich versah,

66

war sie schon eingetreten. »Wow, schön hell, alles im Skandi-Look«, lachte sie. Ich lächelte müde und deutete ihr in die Küche zu gehen. Helen trat genau zum richtigen Zeitpunkt in mein Leben. Es tat gut, dieses üppige Stück Käsekuchen zu essen, Kakao zu trinken und mit einer damals für mich wildfremden Frau meinen ganzen Kummer zu teilen.

Es war kurz vor Weihnachten und der letzte Tag unseres alten Lebens. Carl fuhr morgens wie so oft auf einen Außentermin. Schick sah er aus, mit seinen blonden Locken und dem dunkelblauen Anzug, den er immer mit weißen Sneakers kombinierte. Ich war glücklich, diesen feinen und attraktiven Menschen an meiner Seite zu haben. Clemens und ich brachten ihn an die Türe und winkten dem Auto hinterher, dann zog ich meine Jacke an, um vor der Arbeit Clemens im Kindergarten abzugeben. Noch heute bin ich dankbar dafür, dass wir uns verabschiedet haben. Mit Küsschen und Umarmung. So wie immer. Ein Tag wie jeder andere.

Es wunderte mich, dass Carl nicht anrief, um zu sagen, dass es später wird. Erreichen konnte ich ihn auch nicht. Das kam manchmal vor. Also brachte ich Clemens ins Bett und setzte mich in die Küche, um auf Carl zu warten. Ich saß hier abends gerne, zündete mir meine Windlichter im Fenster und auf dem Tisch an. Wir hatten Lasagne gegessen und für Carl stand der Rest im Backofen bereit. Und wie so oft, um die Zeit zu überbrücken, telefonierte ich mit Bonnie. Als es klingelte, öffnete ich noch im Gespräch die Tür für Carl. Doch als ich aufblickte, stand dort nicht Carl, sondern zwei Polizisten. »Ich muss jetzt aufhören«, schaffte ich noch zu Bonnie zu sagen. Und dann wusste ich sofort: Carl.

Manche Menschen sagen, dass sie sich genau in dem Moment, als es passiert sein muss, plötzlich körperlich sehr schlecht gefühlt haben. Das war bei mir nicht so.

Es kam aus dem Nichts und riss mich völlig aus der Bahn. Das Leben bereitet darauf nicht vor. Man fühlt, dass es wahr ist, aber es ist ein Gefühl, das so stark und gleichermaßen so hoffnungslos ist, dass man es nicht sofort zulassen kann. Ich weiß noch, dass ich still weinte, während ich zuhörte, es aber nicht richtig bei mir ankam, was gesagt wurde. Innerlich war es so schmerzhaft, dass ich von den weiteren Wochen nur noch wenig Erinnerung habe. Es war mehr ein Funktionieren, ein Organisieren und ein Durchhalten. Es war ein Kommen und Gehen. Ich war hellwach und todmüde zugleich. Ich schwankte zwischen Wut und Ohnmacht. Ich wollte Mitleid, aber dann auch wieder nicht. Ich war froh, dass sich um Clemens und mich gekümmert wurde. Irgendwann wollte ich nur noch alleine sein. Nichts half wirklich. Das Schlimmste aber waren meine Ruhelosigkeit und die Einsamkeit, die ich empfand, wenn ich jede Nacht um drei Uhr aufwachte, um zwei Stunden später völlig erschöpft wieder einzuschlafen. Und das jeden Tag aufs Neue. Ein nie gekannter Ausnahmezustand.

Alle Farben waren aus meinem Leben verschwunden.

Carl war auf dem Rückweg von der glatten Straße abgekommen. Das Auto hatte sich überschlagen. Er war sofort tot. Es ist einfach passiert. Und mit diesem einen Moment veränderte sich alles für mich. Ich hatte erstmalig das Gefühl, nicht mehr lebensfähig zu sein.

Cleo, Kostja und Carls Eltern halfen, wo sie nur konnten. Sie nahmen Clemens zu sich, um mir Zeit zu geben, »mit der Situation umzugehen«.

»Du darfst dich jetzt nicht gehenlassen. Du musst es akzeptieren, so schlimm es ist. Aber du hast Clemens und bitte, Charlotte, du bist für ihn ganz wichtig. Wir nehmen ihn dir ab, so lange es nötig ist, aber kümmere dich um dich.«

Kostja kam jeden Tag bei mir vorbei, um nachzuschauen, was ich mache und aufzupassen, dass ich etwas aß. Er war einfach an meiner Seite, ganz still half er mir bei allen Dingen, die es zu regeln gab. Ich habe meinen Vater noch nie so hilflos und so traurig gesehen. Cleo sagte einmal, dass er diesen Schicksalsschlag nicht verwunden hat. »Charlotte, du

70

weißt, dass ihr drei für ihn das große Glück wart. Er war so stolz auf eure kleine Familie. Er ist darüber sehr gealtert. Er läuft seitdem gebeugt.«

Als Helen kam, war ich schon mehrere Wochen krankgeschrieben, die Beerdigung vorbei und ich hatte meinen persönlichen Tiefpunkt erreicht. Ich weiß nicht, wie viele Stunden sie bei mir saß, aber danach ging es mir tatsächlich besser. Ich konnte sogar wieder etwas lachen, sagen wir besser etwas lächeln.

Dieser Abend gab mir den entscheidenden kleinen Impuls, mich dem Neuen zu stellen, und ich begann erste Schritte Richtung Normalität, unserer neuen Normalität. Und nach und nach kehrte meine Lebensenergie zurück. Durch Clemens ging das schneller als gedacht. Wobei Geburtstage oder Weihnachten immer noch schwer zu ertragen sind. Clemens weiß, dass sein Vater nicht wiederkommt. Aber er weiß, wer er war und welche Bedeutung er für mich hatte. Carl hat einen festen Platz in unserem Leben.

Helen habe ich bei meiner Betrachtung aus der Ferne deutlich unterschätzt. Ich empfinde heute größte Hochachtung und Bewunderung wie bescheiden, frei von Gram und mit welcher Überzeugung und Stärke sie ihre drei Kinder alleine großgezogen hat, denn Michael, der Vater ihrer Kinder, lebt schon lange getrennt von ihr.

»Unter jedem Dach ist immer auch ein <Ach> Charlie. Es war für mich die anstrengendste, aber auch schönste Aufgabe, meine Kinder beim Großwerden zu begleiten. Dafür habe ich auf vieles verzichtet, aber das habe ich nie wirklich bereut. Diese Bindung kann mir keiner nehmen. Das ist ein großes Geschenk.«

»Und nun hätte ich sie am liebsten nochmal ganz klein. Es ist so schön, wenn das Haus voll ist. Ich mag meine Arbeit wirklich und ich habe auch gerne einen Partner, aber wenn alle Kinder hier bei mir sind, das ist für mich das größte Glück.«

Als ich ihr Tage später den Kuchenteller zurückbrachte und das erste Mal ihr Häuschen von innen sah, verstand ich, warum sie Rosen züchtet. Sie sind die Vorlage für eine jährliche Kunstdruckserie, die sie selbst produziert und die die Wände des Häuschens zieren. »Nur die schönsten Exemplare werden veröffentlicht«, lachte Helen.

Wir haben unsere Küchengespräche, wie wir es nennen, beibehalten. Ich komme zu ihr und sie kommt zu mir. Es ist ein unbezahlbares Geschenk zu wissen, dass heute im Nebenhaus eine Freundin wohnt. Ihr Schlafzimmer grenzt Wand an Wand an das meine und manchmal klopfe ich abends an die Wand und es kommt ein leises Klopfen zurück.

Als ich vor fünf Jahren aufgeregt aus Grimaud zurückkehrte, wusste ich, dass ich Helen zuerst von meinen Plänen berichten wollte. Ich war davon überzeugt, dass sie von der Idee eines eigenen kleinen Salons begeistert sein würde. Clemens war noch bei meinen Eltern. Ich stellte nur kurz meinen Koffer im

Flur ab und klingelte dann umgehend bei ihr. Sie war hingerissen. »Charlie, das hört sich wirklich fantastisch an. Wenn es dir nichts ausmacht, möchte ich es am liebsten gleich sehen. Zeigst du es mir? Ich bin so gespannt, wie es dort aussieht.«

»Mehr als gerne«, sagte ich.

Ich war lange nicht dort gewesen und bin heute noch froh, dass ich es nie über das Herz gebracht hatte, Carls Werkstatt aufzugeben, auch wenn sich in den vergangenen Jahren sehr viele Interessenten bei mir gemeldet hatten.

Es war schon dunkel, als wir ankamen. So wie das alte Gewächshaus inmitten des verwilderten Gartens still vor uns lag, fiel mir zum ersten Mal auf, wie groß und wie hübsch es mit den vielen kleinen Glasscheiben und seinen schmiedeeisernen Verzierungen ist. Von innen ein fast schon romantisches Ambiente mit der alten Werkbank, den unzähligen Gegenständen und den Pflanzen, die von außen an den Scheiben hochrankten.

Aus der neuen Perspektive betrachtet, ein wundervolles Kleinod.

Helen faltete die Hände vor dem Mund: »Meine Güte, Charlie, das ist traumhaft schön hier!«

Wir standen nebeneinander und schauten durch das Glasdach in den Abendhimmel. »Von hier aus sieht man alle Sternbilder am Himmel.«

»Weißt du, damals mochte ich meine Sommersprossen nicht, aber Michael hat zu mir gesagt: ›Ein Gesicht ohne Sommersprossen ist wie ein Himmel ohne Sterne‹, da war ich hin und weg.«

Sie grinste mich an: »Er hatte es ganz schön einfach.«

Wir lachten.

Helen legte den Arm um mich: »Charlie, ich habe ein gutes Gefühl – das ist eine tolle Idee, eine coole Sache. Also, ich bin dabei. Ich helfe dir gerne, das hier in ein zauberhaftes kleines Schmuckstück zu verwandeln. Ich habe richtig Lust dazu.«

Ich streichelte ihr über ihren dicken Lockenkopf.

»Danke Helen, das freut mich so!«

»Wie willst du es nennen?«

»Mädchensalon«, lächelte ich.

»Wunderschön. Wie bist du darauf gekommen?«

»Weil wir doch, egal wie alt wir sind, im Herzen immer noch Mädchen sind.«

Ich bin kurz eingeschlafen, als Clemens mir kaltes Wasser ins Gesicht spritzt und fragt: »Mama, können wir noch Boot fahren?«

Clemens hat nicht vergessen, dass ich versprochen habe, mit ihm in Port Grimaud Bötchen zu fahren.

»Ja, das machen wir. Möchtest du jetzt gleich fahren?«

»Klar«, antwortet Clemens.

Dachte ich mir und muss innerlich grinsen. Noch eine halbe Stunde einfach nur im Sand liegen hätte mir auch sehr gut gefallen. Aber versprochen ist versprochen und vertagen bringt auch keine weitere Entspannung.

Claire und Bonnie wollen lieber noch am Strand bleiben und uns später abholen.

Ich strecke mich, klopfe mir den Sand vom Körper, schlüpfe in mein Kleid und packe unsere Sachen zusammen. Clemens nimmt meine Hand und wir laufen zurück zum Hafen und mieten uns dort für eine halbe Stunde ein kleines Elektroboot. Die Technik ist glücklicherweise einfach, die Geschwindigkeit begrenzt und ich überlasse Clemens gerne das Steuer. Wir schippern durch unzählige Kanäle, unter kleinen

Brücken hindurch und vorbei an den malerischen Fischerhäuschen. Wir beobachten das Leben auf den Yachten und erhaschen Blicke auf die schön gestalteten Terrassen und in die hübschen Wohnzimmer der Häuser.

Clemens findet es lustig, den Menschen im Vorbeifahren zuzuwinken. Er lacht, weil ich das gar nicht mag. Ich versuche ihm zu erklären, dass das für mich ein bisschen so ist, wie wenn man im Flugzeug bei der Landung klatscht. »Das machen nur richtige Touristen.« Clemens antwortet: »Aber wir sind doch Touristen«, womit er natürlich Recht hat. Also mache ihm die Freude und winke auch.

Bonnie und Claire stehen schon am Anlageplatz und warten auf uns. Claire ist begeistert, wie perfekt Clemens das Boot einparkt. Es ist inzwischen Nachmittag. Auf dem Rückweg fahren wir für unseren Wocheneinkauf beim großen Supermarché vorbei.

Bonnie empfindet diese Form des Einkaufens im Urlaub als regelrechte Zumutung und sie hat natürlich

Recht, dass der Supermarché atmosphärisch überhaupt nicht mit den hübschen Wochenmärkten und den vielen schönen Ladengeschäften, die es hier überall gibt, mithalten kann. Sie weiß aber, dass für Clemens und mich ein Besuch im riesigen Supermarché quasi Kirmes und kulinarisches Königreich zugleich ist. Die Auswahl ist sensationell und vor uns liegt ein Paradies französischer Lebensart und regionaler Spezialitäten. Als Kompromiss erledigen wir deshalb den Besuch gleich zu Beginn der Ferien.

Ein Tretroller wäre von Vorteil, denke ich jedes Mal aufs Neue, um in Ruhe durch alle Regale stöbern zu können. Wir beschränken uns auf die Wein-, Käse-, Fisch-, Obst- und Gemüse- sowie die Dessert- und Patisserie-Abteilung. Als wir nach fast zwei Stunden erschöpft und vollbepackt wieder auf dem Parkplatz stehen, haben wir unser Schrittepensum für den Tag auf jeden Fall erledigt.

Der Mini Moke platzt aus allen Nähten und wir haben großes Glück, dass wir so beladen wie wir sind überhaupt den Berg nach Grimaud hinaufkommen. Und tatsächlich bin ich jetzt auch froh, wieder zurück im Ferienhaus zu sein und in die Ruhe und den Urlaubsmodus zurückzukommen.

Bonnie ist gestresst.

»Können wir an den Pool?«, fragt Claire.

»Ja, das könnt ihr machen«, antwortet Bonnie. Ich nicke.

»Charlie, lass uns kurz die ganzen Fressalien einräumen und dann auf die Terrasse setzen. Ich bin etwas müde. Diese Menschenmassen, das ist mir alles zu hektisch.«

»Ich weiß, aber ich rechne es dir hoch an, dass du es trotzdem jedes Mal mitmachst!«, sage ich.

Bonnie lässt sich auf einen der Liegestühle am Ende der Terrasse fallen und legt die Beine auf die Mauer.

»Sollen wir Wein öffnen?«

»Warum nicht, ist schon ja schon Abend und außerdem ist Urlaub. Ich hole uns zwei Gläser Rosé mit Eiswürfeln und ein bisschen Baguette und Käse?«, frage ich.

»Perfekt. Danke Charlie!«

Wieder draußen, setze ich mich neben Bonnie.

»Prösterchen. Auf den Urlaub.«

Wir sitzen schweigend da und schauen über die Weinberge.

»Es war ein schöner Tag heute. Ist alles gut bei dir, Bonnie?«, frage ich. »Als du heute mit Mathis telefoniert hast, dachte ich mir, dass bei euch gerade keine so gute Stimmung ist.«

Bonnie schaut mich ernst an. »Ja, das stimmt. Es ist im Augenblick sehr anstrengend. Er arbeitet und arbeitet und eigentlich haben wir seit einem halben Jahr fast keine Zeit zusammen. Ich freue mich für ihn, dass ihn sein Chef protegiert und ihm immer mehr Projekte überträgt, das hat er sich hart erarbeitet und auch verdient. Aber schau, er sollte Ende der Woche kommen, das klappt jetzt wieder nicht.« Sie dreht ihr Glas in den Händen. »Ich denke, es ist die Frage, was du im Leben willst. Und ich beschäftige mich tatsächlich seit einem halben Jahr damit. Was ist für mich wichtig, was ist meine Aufgabe im Leben, wo will ich noch hin und was ist meine Zufriedenheit.« Dann führt sie weiter aus: »Weißt du, Charlie, es ist auch die Frage, wie viel Materielles oder beruflichen Erfolg brauche ich im Leben wirklich.« Sie macht eine kurze Pause. »Uns geht es gut. Brauchen wir immer mehr? Wir wohnen schön, wir fahren in Urlaub, wir haben einen tollen Freundeskreis, wir sind gesund und haben Claire. Das ewige Streben nach noch mehr Erfolg dankt dir am Ende auch keiner. Und die Zeit geht verloren. Mal ganz abgesehen von unserer Nähe zueinander. Als wir uns kennengelernt haben, fand ich das so anziehend, dass er einerseits ambitioniert war, aber auch dass wir viel gemeinsam zusammen unternehmen. Gerade auch mit Claire. Und nun plötzlich geht das in eine ganz andere Richtung.«

»Ist das so? Davon hast du nie etwas erwähnt«, frage ich und schaue sie an.

»Ja, ich wollte das hier mit dir besprechen. Und ich hatte natürlich auch immer die Hoffnung, dass es nur vorübergehend ist und er selbst feststellt, wann genug ist.«

So ist Bonnie. Nach außen immer positiv, fröhlich, offen und für jeden ein Ansprechpartner und Ratgeber. Aber mit ihren eigenen Sorgen hält sie sich sehr lange sehr bedeckt.

»Das überrascht mich jetzt wirklich. Redet ihr darüber?«, frage ich sie.

Bonnie lacht verärgert. »Fast täglich und das ist natürlich nicht gut. Aber es fängt damit an, ob er zum Abendessen kommt, und endet, ob ich fürs Wochenende etwas planen kann. Abends bin ich gerade viel alleine und an den Wochenenden sowieso. Er sagt, das ist jetzt seine Challenge, und ich soll ihm Zeit geben. Seine Chance im Leben. So sieht er das. C'est la merde! Und weißt du, Charlie, es ist auch irgendwie ungerecht. Es war klar, dass ich die Schule wegen Claire auf ein halbes Deputat reduziere. Das ist auch grundsätzlich immer noch so in Ordnung. Aber ich könnte ja auch sagen, ich bekomme jetzt eine tolle Chance und dann stocke ich einfach mal auf. Aber das ist natürlich nicht so vorgesehen.«

Ich lege meine Hand auf ihren Arm. »Aber das ist es doch gar nicht, Bonnie. Das ist ja nicht das Problem. Du fühlst dich mit Claire alleine!«

»Ja, es ist die Einsamkeit. Ich habe das Gefühl, es entgleitet alles. Ich habe auch keinen Spaß daran, immer alleine zu Freunden zu gehen, da kommt man sich irgendwann auch blöde vor. Andererseits, gehe ich nicht hin, fragt irgendwann keiner mehr, ob ich kommen möchte.«

Ich streiche ihr über den Arm. »Das kann ich sehr gut verstehen, Bonnie. Aber meinst du nicht, dass du Mathis noch etwas Zeit geben könntest, auch dass er den Erfolg genießen kann. Du kannst ihm ja trotzdem sagen, dass für dich dieses Leben langfristig so nicht bleiben kann. Ich denke aber, dass das der einzige Weg ist. Sonst machst du ihm seine Erfolgserlebnisse madig und das wird er dir vielleicht irgendwann vorwerfen. Und bei der Gelegenheit denke mal darüber nach, ob du nicht ein kleines Hobby oder eine zusätzliche Beschäftigung suchst. Etwas, das du nur für dich machst. Gibt es da etwas in München, was dich interessiert?«

Bonnie lächelt mich an. »Ich würde gerne auch einen Mädchensalon haben. Ja, darum beneide ich dich, Charlie, dass du die Aufgabe und die ganzen tollen Frauen um dich herum hast. Man merkt bei dir, dass du damit glücklich bist.«

»Na ja, der Mädchensalon ist das eine und macht tatsächlich viel Freude. Und richtig, durch die Mädels, die Aufgaben und auch durch Clemens bin ich nie wirklich einsam. Aber ganz ehrlich, ich hätte schon gerne mal wieder einen Partner. Ich hoffe sehr, dass es das Schicksal gut mit mir meint und ich irgendwann noch einmal jemanden treffe, auf den ich mich wirklich einlasse. Es ist nicht einfach und er muss dann auch zu Clemens passen. Und das, was ich bisher hatte, war nichts, das ich Clemens hätte vorstellen wollen.« Bonnie will mich unterbrechen, aber ich winke ab. »Ich weiß, was du sagen möchtest, dass ich raus aus dieser Komfortzone muss. Und je länger das geht, desto schwieriger wird es. Das weiß ich sehr gut, Bonnie.

Nur es war bisher tatsächlich kein Mann dabei, mit dem ich mir hätte vorstellen können, noch einmal von vorne anzufangen. Und ja, ich dachte immer, dass das Blödsinn ist, dass man Mitte vierzig das Leben neu überdenkt, aber es ist doch etwas Wahres daran. Und ich bin auch nicht frei davon. Irgendwann ist Clemens weg. Ja und spätestens dann hätte ich auch wieder gerne einen Mann an meiner Seite. Un grand amour, wie du sagen würdest«, lächele ich. Bonnie nickt.

»Du und Mathis, ihr habt so eine schöne Geschichte. Es hätte nicht besser zu dir passen können, Bonnie, dass du einen Franzosen zum Mann bekommst.«

»Einen Halbfranzosen«, wirft Bonnie ein.

»Ja von mir aus einen Halbfranzosen. Er ist für dich nach München gegangen. Er hat auch einiges für dich möglich gemacht. Also ich empfehle dir, ihm etwas Zeit zu geben. Ich glaube nicht, dass er jetzt plötzlich nur noch für die Karriere leben möchte. Das würde so gar nicht passen. Das sind eher so Typen wie Julia und ihr Mann. Die hat das durch und durch gelebt. Keine Kinder, Karriere, höher, immer weiter. Und nun ist sie

86

glücklich, dass sie ausgestiegen ist und den ganzen Stress los ist.«

»Ja stimmt. Was macht sie aktuell? Yoga und Coaching, oder?«, fragt mich Bonnie.

»Ja genau und ihre Angebote sind immer ausgebucht. Sie begeistert alle sehr. Gut, sie war ja auch Personalerin. Aber sie leidet darunter, dass sie keine Kinder bekommen hat«, führe ich aus.

»Ach Charlie, jeder hat sein Päckchen zu tragen. Ich werde über alles nachdenken. Danke dir.« Bonnie umarmt mich fest.

»So ist es. Und jetzt lass uns ein paar Nudeln für die Kinder machen. Ich würde gerne heute früh ins Bett, dann kann ich noch etwas lesen. Und damit wir morgen früh fit sind, damit wir zum Sonnenaufgang in Pampelonne sind.«

»Ist okay, Charlie. Ich hole die Kinder am Pool ab.«

Nach dem schnellen Abendessen trinkt Bonnie noch ein Glas Wein auf der Terrasse. Ich hüpfe in mein Bett, in dem sich heute schon Clemens breitgemacht hat. Er ist im Halbschlaf und kuschelt sich an mich. Ich freue mich, ihn bei mir zu haben. Oft habe ich das so nicht mehr.

Wunderbar müde von der Sonne, überfliege ich schnell meine Mails. Cleo schreibt, ich soll sie doch mal anrufen, wenn ich Lust habe. Dazu brauche ich Zeit. Nicht jetzt, das kann dann warten, denke ich und lade schnell noch ein paar Bilder in meine Story. Schau an, auch der heutige Beitrag gefällt gut und ich stelle fest, dass mir nun ein gewisser MR71 folgt, der schon gestern und auch heute meine Urlaubsbeiträge geliked hat. Leider ist das Profil nicht öffentlich und ich sehe nur das kleine Profilbild, das ja, soweit ich das erkennen kann, ganz hübsch aussieht.

Aber dann werde ich hellwach. MR71 hat als Profilorte München und Grimaud angegeben. Aufregend. Vielleicht kennt ihn Bonnie sogar. Ich überlege kurz, ob ich das jetzt zeigen soll. Aber dann denke ich, dass das wirklich auch noch morgen Zeit hat.

Julia

Es ist nie zu spät, um zu sein, wie man will.

Wir stehen ganz früh auf, denn morgens ist es am Plage de Pampelonne noch menschenleer, das Wasser glasklar und der feinkörnige Sandstrand karibisch weiß. Die Kinder sind schläfrig, Bonnie nachdenklich und ich genieße die Fahrt durch das grüne Hinterland von St. Tropez. Wir fahren vorbei an idyllischen Weingütern und alten provenzalischen Steinhäusern inmitten prächtig angelegter Grundstücke Richtung Gassin, das malerisch auf einem Felsvorsprung zwischen dem Golfe de Saint-Tropez und dem Pays des Maures thront. Von hier geht es weiter zum bilderbuchschönen Bergdörfchen Ramatuelle, welches sich über der Bucht von Pampelonne in die mit Korkeichen bewaldete Landschaft, die Weinberge und Pinienwälder schmiegt und uns einen atemberaubenden Blick über das Mittelmeer bietet.

Je näher wir an die Küste hinunterfahren, desto größer werden die Pinien und höher die Bambuswälder, die das typische Bild um diesen vielbeschriebenen Küstenabschnitt prägen.

Wir biegen beim berühmten Club 55 ab, rechts und links liegen schicke Anwesen und vor uns das türkisblaue Meer. Die Sonne geht langsam über dem Wasser auf. Wir stellen den Mini Moke auf dem öffentlichen Parkplatz ab, nehmen unsere Taschen und laufen barfuß über kleine Holzplanken, die in den tiefen weichen Sand eingelassen sind, Richtung Meer.

Es ist nicht verwunderlich, dass hier der internationale Jetset jedes Jahr mit seinen Yachten ankert und in einem der vielen bekannten und luxuriösen Restaurants und Beachclubs die Lunch- und Partytime genießt. Im Sommer pulsiert hier das Leben.

Wir suchen uns einen Platz im Sand und spannen den kleinen rot-weiß gestreiften Sonnenschirm auf. Claire und Clemens strecken sich darunter aus. »Ihr braucht es euch gar nicht gemütlich zu machen. Wie immer laufen wir jetzt erst einmal den Strand ab.«

Die Begeisterung bei beiden ist gering. Sie stellen sich schlafend und wollen lieber chillen.

»Das könnt ihr später noch ausreichend machen, jetzt haben wir den Strand noch fast für uns alleine. Und am Ende in der kleinen Strandbar gibt es ein köstliches Sandwich für euch. Versprochen. Außerdem findet ihr jetzt die schönsten Muscheln.«

Bonnie bekräftigt: »Keine Diskussion!«

Mühsam richten sich beide auf, ich drücke Clemens eine Tüte in die Hand: »Für die Muscheln.«

»Auf geht's, allons-y, und wenn ihr ohne Murren ankommt, spendiere ich für jeden noch ein Eis obendrauf«, ruft Bonnie.

»Ohne Murren, ohne Murren«, singt Claire. Clemens kichert und dann rennen sie los. Sie haben einen kleinen Hund entdeckt, den sie begeistert streicheln.

»Nur nicht frech werden! Aber gut, hoffen wir, dass sie durchhalten und die Hunde nicht ausgehen«, grinst Bonnie.

Wir befinden uns in der Mitte des Strandes und wollen ans Ende Richtung Point de la Bonne Terrasse spazieren. Bonnie läuft vor mir her. Unsere Füße werden von den Wellen umspült. Wir sinken tief in den nassen Sand ein. Das tut gut und ist so herrlich erfrischend. Das beste Fuß-Peeling überhaupt.

Die Clubs und Restaurants ruhen noch still im Morgenlicht. Ihre Sonnenliegen sind schon mit edlen Auflagen bestückt und für den Tag vorbereitet. Im Vorbeigehen sehen wir schicke weiße Holz-Loungemöbel mit türkisen-weißen Kissen rund um eine riesige Bar, einige Meter weiter warten grobgeflochtene Rattan-Sofas unter schatten-spendenden Bambus-Pergolas mit großen Bastlampen auf die Gäste und dann laufen wir an eleganten Strandbetten, deren helle Leinenvorhänge in der warmen Meeres-Brise flattern, vorbei. Unzählige Restaurants liegen eng aneinandergereiht neben Bars und Clubs und dabei ist eine Location schöner als die andere. An jeder Ecke präsentiert sich uns ein perfektes Strandhaus-Feeling.

Die Kinder sind vor uns in Sichtweite und haben glücklicherweise Spaß beim Muschelsammeln. Bonnie dreht sich zu mir um. »Charlie, ich habe über unser Gespräch gestern nachgedacht. Ich werde mit Mathis reden und möchte ihm Zeit einräumen. Es ist ganz richtig, dass ich ihm nicht die Freude über seinen Erfolg nehmen sollte. Das wird nicht leicht für mich. Aber ich probiere es. Im Endeffekt bleibt mir ja auch gar nicht viel anderes übrig. Ich möchte ihn ja auch nicht verlieren.«

»Finde ich gut«, antworte ich knapp.

Es wird wärmer und wärmer und Bonnie legt scheinbar beflügelt von ihren guten Vorsätzen einen strammen Schritt an den Tag. Ich komme kaum hinterher. Das Strandlaufen geht ohnehin mächtig in Po und Beine, aber in diesem Tempo ist es richtig anstrengend.

»Du Bonnie, ich hatte nicht vor zu joggen. Könntest du vielleicht etwas langsamer laufen, dann kann ich mich auch mit dir unterhalten.«

Bonnie bleibt stehen, hebt ihre Sonnenbrille leicht an und mustert mich. »Charlie, Charlie, das ist perfektes Training. Aber gut, ich gehe etwas langsamer, nicht dass du mir noch kollabierst.«

»Na, so weit ist es nun auch wieder nicht«, antworte ich und lächele etwas verlegen.

Sie grinst und läuft weiter. »Kein Problem, Charlie, ich stelle mit großer Sorge fest, dass sich langsam unser Altersunterschied in der Kondition bemerkbar macht.«

»Was ist das jetzt für eine Unverschämtheit!«, rufe ich. »Das eine Jahr?« Ich bücke mich und schöpfe Wasser in meine Hand und spritze es ihr hinterher.

Wir müssen beide herzlich lachen.

Ich laufe nun neben ihr oberhalb des Wassers.

»O. K. Charlie, der Altersunterschied hat tatsächlich Vorteile, du hast nämlich außerdem damit Recht, dass ich mir eine Aufgabe suchen muss, ein kleines Hobby nur für mich. Und wenn es ein Strickkurs ist. Am liebsten würde ich mal zu Julia in ein Coaching gehen. Ist sie wirklich so gut, wie du sagst, und glücklich mit ihren Kursen?«

»Ein Coaching bei ihr lässt sich sicher einrichten. Also ihre Seminare sind immer sehr gut gebucht. Und ja, sie ist sehr zufrieden mit ihrem Leben oder, wie sie sagt, ihrer Work-Life-Balance, die sie für sich hergestellt hat. Aber ob sie richtig glücklich ist, das weiß ich nicht. Sie spricht in letzter Zeit häufig davon, dass sie es bedauert, keine eigene Familie zu haben.«

»Das denke ich mir, dass das hart ist, wenn du mit Ende vierzig feststellst, dass du doch gerne Mutter geworden wärest«, antwortet Bonnie. »Andererseits weiß man doch spätestens mit Mitte dreißig, ob man Kinder möchte oder nicht.«

»Für Julia gab es fast zwei Jahrzehnte nur ihren Beruf. Ich glaube, dass sie nicht einmal die Zeit hatte, sich zu überlegen, ob sie etwas anderes will. Sie war heiß auf diese Karriere und es lief gut für sie und sie war ständig unterwegs. Ihr Mann hatte als Banker das gleiche Pensum. Sie haben sich am Wochenende in ihrer schicken Wohnung getroffen, die übrigens völlig clean und durchgestylt war, ganz viel Glas und edle Möbel, mit eigener Ankleide und Top-Küche, in der allerdings wohl nie gekocht wurde. Dann sind sie essen gegangen oder auf Einladungen. Und wenn sie ein bisschen mehr Zeit hatten, waren sie golfen. Sie sagte, sie hatte keine Erdung mehr, kein echtes Leben mit Freunden und Alltag, zumal die wenigen Freunde irgendwann selbst eine Familie gegründet haben. Sie hat mir erzählt, dass sie oft noch nicht einmal Zeit hatte, shoppen zu gehen und das verdiente Geld auszugeben.«

Bonnie lacht. »Das ist ja traurig. Na ja, das Problem hätten wir nun überhaupt nicht.«

»Weißt du, Bonnie, irgendwann war in ihrem Leben gar nichts mehr spontan, alles war genau durchgeplant. Sie war immer auf dem Sprung und lebte in irgendwelchen Hotels.«

Bonnie schaut mich an. »Das hört sich ja schon an, als ob man Mitleid haben müsste.«

»Das sage ich doch gar nicht. Aber ich kann auch verstehen, dass wenn du in so einem Leben verankert bist, es verdammt schwer ist, da auch wieder auszusteigen. Zumal dir das ja sofort als Schwäche

96

ausgelegt wird. Und in solchen Positionen sitzen hundert böse Biester um dich herum, die nur darauf warten, dass du einen Fehler machst, um dann nachzurücken – viel Feind, viel Ehr eben.«

»Oder man macht es, wie ich immer sage – willst du gelten, mach dich selten«, antwortet Bonnie.

»Na komm, Bonnie, du weißt aber auch, dass das vielleicht in Beziehungen funktioniert, aber wohl kaum im Geschäft.«

»Ja, du hast Recht«, seufzt Bonnie. »Solche Probleme kenne ich ja nur im Kleinen. Dennoch würde mich mal für ein paar Tage die Arbeit in einem Konzern in der Vorstandsetage reizen, dort, wo Entscheidungen für tausende Menschen getroffen werden. Das muss schon sehr befriedigend sein, natürlich nur solange es gut läuft. Aber ich würde gerne einmal Mäuschen spielen.«

»Das kann ich mir bei dir bestens vorstellen, der Schrecken der Vorstände«, lache ich.

»Und warum hat sie dann alles hingeschmissen?«, fragt Bonnie interessiert, während sie eine große Muschel aufhebt.

Sie ruft Clemens und Claire zu uns, um ihnen die Muschel zu geben. »Wow, ihr habt ja schon richtig tolles Strandgut gefunden.« Clemens zeigt ihr in seiner Hand einen winzigen Krebs, den er gerade gefangen hat. »Das ist toll, aber er lebt noch, ich würde ihn wieder ins Meer zurückgeben.«

Clemens zögert, aber dann legt er den Krebs zurück ins Wasser.

»Übrigens Kinder, wir haben es gleich geschafft, da vorne seht ihr, das ist unsere Strandbar, ihr könnt ja schon mal ein schönes Plätzchen suchen.«

»Machen wir, komm Claire«, sagt Clemens und beide rennen los.

»So wie sie rennen ist der Hunger wohl groß«, findet Bonnie.

Wir bleiben stehen.

»Julia hatte starke Magenprobleme. Die Ärzte sagten, es sei Stress. Eine Freundin hat sie dann zu einer Ayurveda-Kur mit Yoga in Sri Lanka überredet. Das war die Wende in ihrem Leben. Sie kam zurück und wollte nicht mehr so weitermachen wie bisher. Sie hat nicht sofort alles hingeschmissen, das war ein Prozess. Sie hat zunächst die Yoga-Ausbildung begonnen und dann nach und nach Aufgaben abgegeben. Bis sie dann ganz aufgehört hat, weil der Job reduziert auch keine Perspektive mehr war. Ja und jetzt lebt sie von ihren Kursen.«

»Und was hat ihr Mann davon gehalten?«, fragt Bonnie. »Für den muss das ja auch krass gewesen sein, als er keine Karrierefrau mehr an der Seite hatte.«

»Ja, in der Tat. Für ihre Beziehung war das überhaupt nicht einfach. Das ist wie mit Mikado-Stäbchen, veränderst du eines, verändert sich alles. Inzwischen passt das aber wieder, auch mit ihrem Mann. Er hat sie sehr unterstützt und findet es schön, dass sie mehr Zeit zusammen verbringen. Sie reisen nun sehr viel. Geld spielt ja glücklicherweise keine Rolle.«

»Und wie hat sie sich als Person verändert?«, fragt Bonnie.

Ich lache. »Optisch nicht wirklich. Aber sie ist im Laufe der letzten Jahre sehr viel entspannter und lockerer geworden.«

Ich mache eine kurze Pause. »Ich weiß noch, wie sie das erste Mal in den Mädchensalon kam. Wir hatten gerade fertig renoviert und standen kurz vor der Eröffnung. Ich war alleine dort und so stolz über das Ergebnis. Das Logo mit den Blumenranken, das Helen designt hat, hing an der Eingangstür. Innen war der alte lange Tisch mit den Holzstühlen frisch lackiert und die kleine Küchenzeile, in die wir die alte Werkbank von Carl integriert haben, war am Vortag angeschlossen worden. Es sah so hübsch aus. Weißt du, alle mühsam auf Flohmärkten zusammengekauften Kronleuchter hingen und der restliche Raum war mit unzähligen Lichterketten und Hängeampeln mit Grünpflanzen dekoriert. Ich saß da, völlig erschöpft von der Arbeit, aber so beseelt von den Ideen, wie wir den Salon in den nächsten Monaten und Jahren mit Leben füllen wollen. Und dann kam sie plötzlich zur Türe rein, topgestylt von Kopf bis Fuß. Ich sehe sie heute noch vor mir: Die braunen Haare zum strengen Knoten gebunden, die Bluse tiptop gebügelt, eine beige Chino und edle hellbraune Loafer. Alles an ihr war selbstbewusst. So erhaben, wie sie durch den Raum stolzierte, hätte ich nie gedacht, noch einmal von ihr zu hören, geschweige denn, dass das zwischen uns menschlich passen könnte.«

»Aber das hat es ja dann«, resümiert Bonnie.

»Ja, da war ich wirklich selbst überrascht. Aber sie hat sich perfekt in unsere kleine Gruppe integriert. Selbst bei unseren privaten Salonmeetings hat sie noch nicht einmal gefehlt.

Ach und da wir gerade von ihr sprechen. Sie hat mich letzte Woche extra angerufen, um mir zu sagen, dass wir uns hier unbedingt in dem neuen Beachclub, weißt du der mit den Palmenlogos und großen weißen Schirmen, Liegen mieten sollen. Sie sagt, dieser Club sei in Pampelonne aktuell der place to be.«

Bonnie lacht laut. »Klar, weißt du, wie teuer die Liegen sind. Charlie? Dafür können wir zwei- oder dreimal essen gehen. Und dann mit den Kindern, die dauernd etwas trinken wollen. Danach sind wir pleite. Auf keinen Fall. Daran sieht man, dass sie eben keine Kinder hat!«

»Oh, das ist gemein von dir. Aber ich sehe es genauso«, zwinkere ich ihr zu. »So und jetzt freue ich mich über ein erfrischendes Getränk.«

Wir setzen uns auf die Holzbank, die Clemens und Claire ausgewählt haben. Die kleine Bar am Ende des Strandes ist eigentlich eine bessere Bretterbude, einfach aus ein paar Holzstämmen zusammengezimmert. Daneben eine Pergola und als Sonnenschutz ein weißes Tarnnetz. Und trotzdem hat das Ganze enorm Charme, denn hier am Strand braucht es einfach nicht viel für ein tolles Urlaubsflair. Wir bestellen Eistee und essen Sandwiches. Die Kinder sind glücklich. Stolz zeigen sie uns ihre Ausbeute. »Tolle Muscheln und Steine habt ihr gefunden. Wir können daraus ein Windspiel basteln«, schlage ich vor. Claire ist begeistert. »Dann müssen wir jetzt nur noch auf dem Rückweg ein paar kleine Stöckchen sammeln, um daran die Muscheln und Steine mit Schnüren zu befestigen.«

Ich mache ein Foto von uns und dem herrlichen Platz und lade es in meine Story hoch.

Clemens und Claire möchten ihr Eis und dann schwimmen gehen. Und um die gute Stimmung nicht zu trüben, brechen wir rasch wieder auf und laufen gemütlich Treibholz sammelnd zu unserem Liegeplatz zurück.

Als wir fast angekommen sind, klingelt mein Handy.

Ich sage zu Bonnie: »Als ob sie weiß, dass wir vorhin von ihr gesprochen haben, Julia ruft an.« Bonnie schaut gespannt. Ich nehme ab.

»Julia, meine Liebe, ich grüße dich.«

»Charlie, alles gut bei euch? Die Bilder sind toll. Seid ihr im Beachclub?«

»Nein Julia, das ist uns definitiv zu teuer und mit den Kindern auch echt übertrieben. Aber wir haben ihn uns angesehen und er sieht wunderschön aus. Wir sind vorhin daran vorbeigelaufen. Wir haben jetzt einen Strandspaziergang gemacht und waren Sandwiches essen, das Wetter ist top, hier wird es langsam heiß und voll. Wir sind glücklich und gehen gleich schwimmen. Und dir, geht es dir gut?«

Ich betrachte mein Handy und lege auf. »Was war das denn jetzt? Ganz komisch, sie war äußerst kurz angebunden und hat schnell aufgelegt. Ich habe jetzt schon fast das Gefühl, dass sie enttäuscht ist, dass wir nicht in den Club gegangen sind. Das war ein echt schräger Anruf!«

»Also Charlie, dafür wird sie ja wohl Verständnis haben«, meint Bonnie.

Schweigend laufen wir zu unserem Platz. Dort angekommen wirft sich Bonnie auf ihr Handtuch. »Herrlich haben wir es. Hier ist es doch echt wie im Paradies. Schau, jetzt kommen die ersten Yachten an. Ich bleibe jetzt noch ein paar Minuten liegen, dann gehe ich schwimmen. Du auch, Charlie?«

Die Kinder sind schon Richtung Wasser unterwegs.

Bevor ich Bonnie antworten kann, klingelt mein Handy erneut.

Julia – schon wieder.

»Ja Julia«, sage ich lachend. Ich komme nicht zu Wort und das Telefonat ist innerhalb von knapp zwei Minuten vorbei.

104

Ich schaue Bonnie sprachlos an. Bonnie richtet sich auf.

»Sag schon, was wollte sie jetzt?« Ich schweige immer noch. »Mach es nicht so spannend!« Ich schaue Bonnie an.

»Also Bonnie, das wirst du nicht glauben. Unglaublich. Sie hat uns vier Liegen in diesem Palmen-Beachclub gemietet. Sie hat gesagt, alles ist bezahlt, keine Widerrede und es kommt von Herzen. Wir sollen umgehend unsere Sachen packen und in den Strandclub gehen. Alles steht für uns bereit.«

»Mon dieu – echt jetzt? Das ist ja fantastisch. Du lieber Himmel und meinst du, dass wir da jetzt gleich hingehen sollen?«

»Ja, das hat sie so gesagt«, antworte ich.

»Also dann, Charlie, müssen wir aber den Schirm und unsere Kühltasche erst zum Auto bringen. Mit diesem Gepäck können wir auf keinen Fall aufkreuzen. Wie gut, dass wir aus Respekt zu Pampelonne schon unsere schönen Strandkleider anhaben. Mon dieu, mon dieu. Wir müssen uns aber schon noch etwas herrichten. Und die Kinder auch!«

»Blödsinn Bonnie, wir sehen doch gut aus.«

Bonnie lacht. »Aber den Kindern müssen wir jetzt eindringlich sagen, dass ab sofort Würde, Haltung, Anstand und gutes Benehmen zählen. Und sie müssen umgehend aus dem Wasser kommen. Ich hole sie jetzt. Die sind ja voller Sand und Salz. Aber Charlie, das ist richtig sensationell. Ich freue mich so. Ach, ist das cool.«

Bonnie eilt hektisch zum Wasser und ruft: »Kinder, allez, allez, raus aus dem Wasser!« Clemens und Claire reagieren nicht.

Dann wirft Bonnie angesichts der anstehenden Sensationen tatsächlich kurzerhand ihre pädagogischen Prinzipien über Bord und zerrt Claire eigenhändig an Land.

Clemens kommt aufgeregt zu mir gelaufen: »Was ist hier los, Mama?«

Inzwischen ist Bonnie mit der zeternden Claire zurück.

Ich sage: »Wir haben etwas ganz Tolles vor.« Ich deute auf den Strandclub. »Wir haben in dem Strandclub dort vorne vier Liegen reserviert bekommen. Ein Geschenk

106

von Julia. Da dürfen wir heute unseren ganzen Nachmittag verbringen und deshalb müssen wir jetzt los.«

Claire sagt, dass sie dort keine Lust auf Liegen hat und hier ins Meer möchte. Auch Clemens findet es nicht spektakulär. Bonnie antwortet Claire, dass es dort am Club auch genügend Meer für sie gibt, und fügt merklich verärgert hinzu: »Es würden sich andere Familien darum reißen, dort einmal liegen zu können. Also kein Pardon!« Missmutig stapfen Clemens und Claire hinter uns Richtung Parkplatz. »Warum gehen wir dann jetzt zum Auto?«, fragt Claire. Bonnie antwortet, dass wir dort unseren Schirm und das Essen abstellen. Worauf Claire wiederum sagt, dass sie aber etwas essen möchte. Daraufhin drückt ihr Bonnie ein Brot in die Hand, das Claire dann doch nicht verzehrt. Und ihre Haare dürfen auch nicht frisiert werden. Mühsam schlüpft sie in ihr Kleid. Clemens zieht zumindest sein T-Shirt an.

Bonnie ist es schließlich egal. Sie flüstert mir zu: »Hauptsache, wir sehen gut aus, Charlie!«

Mit leichten Taschen über den Schultern kommen wir bei unserem Club an. Selbst Claire ist von der Eleganz und der Pracht so beindruckt, dass sie unverzüglich mit dem Schimpfen aufhört. Wir fragen einen der attraktiven weiß gekleideten Kellner, wo unsere Plätze sind. Er blättert in seinem großen Gästebuch und führt uns dann zu vier Liegen in erster Reihe mit Blick auf den langen Anlegesteg.

»Perfekte Lage, hier sehen wir alle, die ankommen«, raunt mir Bonnie zu.

Die Liegen sind mit dicken beigen Bezügen gepolstert und am Kopfteil ist das Logo in weiß eingestickt. Daneben stehen kleine Tische, auf denen Sekt, Saft, Wasser und Nüsschen bereitstehen. »Un bon sejour« wünscht er uns und sagt, dass wir uns jederzeit an ihn wenden können, wenn wir weitere Wünsche haben. Clemens fragt mich, ob er ihm jetzt alles bringt, was er haben möchte. Ich antworte ihm eindringlich, dass er sich unterstehen soll, irgendetwas ohne vorherige Absprache mit mir zu bestellen.

Andächtig liegen wir auf unseren Polstern. So bequem war es selten. Wundervolle weiche Betten. Im Hintergrund läuft leise Lounge-Musik. Einfach himmlisch, ich könnte sofort einschlafen. »Jetzt stoßen wir erst einmal auf dieses tolle Geschenk an«, schlägt Bonnie vor. »Und dann machen wir für Julia ein Foto und schicken es ihr.« Sie schenkt den Kindern Saftschorle und uns Sekt ein. Claire möchte die Nüsse und teilt sie mit Clemens. »Kinder, das ist wundervoll hier«, Bonnie ist begeistert.

»Wenn ihr wollt, könnt ihr jetzt wieder ins Meer«, sagt Bonnie zu Claire und Clemens. Aber wer hätte es gedacht, beide wollen lieber noch etwas bei uns bleiben.

Wir beobachten die Menschen um uns herum. Die meisten dösen in der Sonne oder lesen. Ununterbrochen fahren jetzt kleine Motorboote zu den Yachten hinaus, holen dort die Gäste ab und bringen sie zurück zum Steg. Bonnie und ich sind fasziniert von den Geschehnissen und wir erwarten begeistert jede neue Ankunft. Es ist besser als jeder Kinobesuch. Wir sehen Bilderbuch-Familien mit eigenen Nannys, hippe, stylische Pärchen, junge Schönheiten in funkelnden Tuniken und elegante ältere Herrschaften. Jeder, der ankommt, muss unseren Platz passieren, um ins Restaurant zu gelangen, das etwas hinter dem Liegestrand angrenzt. Alles um uns herum ist Luxus höchster Ansprüche und das spiegelt sich in dieser völlig selbstverständlichen Atmosphäre aus Eleganz und Exklusivität wider. Was für ein Leben, denke ich.

Der freundliche Kellner tauscht die leere Nüsschenschale aus und stellt uns eine frische Flasche Wasser an den Platz. Ich bitte ihn, doch ein Foto von uns zu machen. Galant kommt er diesem Wunsch nach. »Selbst das Personal ist hier außerordentlich höflich und äußerst attraktiv, findest du nicht auch, Charlie?«, stellt Bonnie fest. Ich pflichte ihr bei und schicke Julia das Foto mit der Nachricht, dass wir überglücklich und sehr gerührt sind und sie uns eine riesige Freude gemacht hat. Merci beaucoup, ma chére! Sie schreibt zurück: »Dafür nicht. Du hast so viel für mich getan. Genieße es! Alles Liebe Julia.«

Wir wechseln uns mit dem Schwimmen ab. Bonnie will die Taschen nicht unbeaufsichtigt liegen lassen. Ich versuche ihr vergeblich klarzumachen, dass ich mir beim besten Willen nicht vorstellen kann, dass hier irgendjemand an unseren paar Kröten Interesse haben könnte. Aber sie lässt sich nicht umstimmen.

Ich schwimme mit Clemens. Das Meer ist herrlich erfrischend und danach duschen wir uns und genießen schläfrig die Mittagshitze unter unseren Sonnenschirmen. Plötzlich wird die Musik lauter und zwei schlanke, große Blondinen laufen den Weg bei uns auf und ab und posieren nebeneinander.

»Huch, was ist jetzt los?«, ruft Bonnie und setzt sich auf. »Ich gehe davon aus, dass das eine Modenschau des clubeigenen Shops ist. Schau, jetzt kommen zwei Brünette mit neuen Kleidern.«

»Tatsächlich Charlie, und wow, da sind ja richtig schöne Kleider dabei«, sagt Bonnie. Ich bin auch begeistert von den ausgefallenen Tuniken, Strandkleidern, bestickten Strandtaschen und tollen Bikinis.

Bonnie verliebt sich in einen türkisfarbenen üppig bestickten wunderschönen Kaftan. »Was meinst du, Charlie, eigentlich müssten wir uns im Shop zur Feier dieses Tages etwas gönnen. Der Kaftan ist so traumhaft. Ich denke, dass ich ihn mir schenken sollte.«

»Mach das doch und vielleicht finde ich ja auch noch etwas Schönes«, antworte ich.

»Ja, so soll das sein«, pflichtet mir Bonnie bei. »Lass uns, wenn wir gehen, dort vorbeischauen.«

Die Kinder sind hungrig und wir bitten den Kellner um die Karte. Sie bekommen die mit Sicherheit edelsten Burger, die sie jemals gegessen haben. Bonnie und ich verzichten auf Speisen in Anbetracht des noch bevorstehenden Einkaufs und begnügen uns mit den übriggebliebenen Resten der Kinder.

Ich mache noch ein paar schöne Fotos, dann packen wir langsam unsere Sachen zusammen. Wir bedanken uns mit einem üppigen Trinkgeld herzlich für den ausgezeichneten Service bei unserem charmanten Kellner, der sich von uns verabschiedet, als wären wir seit Jahren Stammgäste im Club. »Alles läuft hier bis zum Schluss höchst professionell ab«, findet Bonnie und klatscht in die Hände. »Ich freue mich jetzt so auf diesen großartigen Fummel«, und läuft zielstrebig Richtung Shop.

Clemens und Claire wollen draußen warten. Während Bonnie den Kaftan sucht, schaue ich mir die unzähligen hübschen Kleider an und entdecke eine lässige cremefarbene Sommerstrickjacke mit eingewebten kleinen Goldfäden. Die ist ja hübsch, denke ich und halte sie mir an.

Im Hintergrund höre ich, wie Bonnie mit der Verkäuferin euphorisch über den Kaftan spricht. Die Verkäuferin bekräftigt Bonnie, dass es sich hierbei um ein ganz besonderes Stück Handarbeit aus purer Seide handelt. Ich denke noch bei mir, dass das ja sicher seinen Preis hat, und schlüpfe in den Cardigan, der perfekt passt. Bonnie hat den Kaftan probiert und sieht bezaubernd aus. »Also Bonnie, der ist wie für dich gemacht«, sage ich. Sie nickt, zieht ihn wieder aus und läuft Richtung Kasse, um sich dort noch den Schmuck anzuschauen. Ich überschlage meine Urlaubskasse und entscheide mich für die Strickjacke. »Wollen wir bezahlen?«, frage ich Bonnie. Sie nickt, legt zwei Armbändchen auf die Theke und trägt den Kaftan wieder zurück zum Regal.

»Nimmst du ihn jetzt doch nicht?«, frage ich verwundert.

»Nein, ich habe noch einmal nachgedacht, dass ich gar nicht so viele Gelegenheiten habe, wo ich ihn wirklich tragen kann.« Ich runzle meine Stirn und bezahle das Jäckchen. Die Verkäuferin ist sichtlich enttäuscht und verpackt die beiden Bänder in hübsche Geschenksäckchen.

Draußen sage ich zu Bonnie: »Wieso hast du den Kaftan jetzt nicht gekauft, du wolltest ihn doch unbedingt haben? Er sah perfekt an dir aus.«

Bonnie fuchtelt aufgeregt mit ihren Armen vor meiner Nase herum. »Mensch Charlie, ich habe so etwas von geschwitzt. Gut, dass du die Jacke gekauft hast, ich hatte der Verkäuferin schon gesagt, dass ich ihn kaufe, und dann habe ich das Preisschild gesehen. Das waren definitiv zwei Nullen vor dem Komma zu viel. Das war quasi ein Gebrauchtwagen. Ich wusste gar nicht, wie ich aus der Nummer wieder rauskommen soll. Handbemalte Seide! Ich kann dir gar nicht sagen, wie peinlich mir das war. Du hast mich gerettet. Ich bin in Schweiß gebadet. Aber egal, irgendwie passt das ja auch wieder zu uns. Aber das hier habe ich für dich gekauft und nicht als Notkauf. Ein Freundschaftsbändchen für dich. Ich habe einfach immer so tolle Erlebnisse mit dir. Das ist so schön.« Ich drücke sie und wir kichern so wie früher.

Was für ein Tag. Als wir zum Auto zurücklaufen, hüpfen Clemens und Claire vor uns auf und ab und sagen, dass sie ab sofort nur noch im Standclub sein möchten.

Bonnie und ich schauen uns an und sagen gleichzeitig: »Das hat uns gerade noch gefehlt!«

Die Rückfahrt geht rasant vorbei und wir schwelgen in Erinnerungen an die vielen Erlebnisse. Zurück in Grimaud gibt es Käse, Wurst und Brot »auf die Kralle«, wie Cleo sagen würde. Die Kinder sind müde und jeder darf sich hinlegen und einen Film anschauen.

Ich sitze mit Bonnie auf der kleinen Terrasse vor dem Haus. Da fällt mir ein, dass ich jetzt Cleo anrufen könnte. »Oh ja, lass machen, das gibt dann vielleicht den krönenden Tagesabschluss, wenn sie für uns tolle Nachrichten mit ihrem Maler hat«, bekräftigt mich Bonnie. Ich wähle Cleos Nummer und lege das Handy auf Lautsprecher geschaltet zwischen uns auf den Tisch.

»Charlotte, wie gut dass du anrufst«, sagt Cleo sofort.

»Wie ist die Lage bei euch?«

Bonnie stößt mich an und grinst mir zu: »Wie immer ihr Lieblingssatz zur Begrüßung.«

»Alles bestens bei uns, Mama, ich sitze mit Bonnie auf der Terrasse, wir waren heute am Strand. Das erzähle ich dir alles in Ruhe, wenn ich wieder zurück bin. Bonnie hört übrigens mit.«

»Hallo, liebe Cleo«, sagt Bonnie.

»Ach, wie schön, dich auch zu hören, Bonnie.«

»Was gibt es Neues bei dir?«, frage ich.

»Hier ist alles gut. Am Samstag habe ich Literaturabend und bin in großer Vorbereitung. Ich glaube, ich werde die Lesung im Garten veranstalten, denn das Wetter hier ist super.«

»Wie viele Zusagen hast du?«, frage ich.

»Ich habe 30 Gäste und bin gerade noch am Überlegen, was ich zu essen anbiete, vielleicht sommerliches Fingerfood. Aber das entscheide ich spontan morgen. Ach und Toni war gestern draußen, wenn du nach St. Tropez gehst, sollst du ihr ein paar schöne Bilder von Dekorationen und Schaufenstern machen. Ich weiß es aber nicht genau. Sie schreibt dir aber noch. Und dann wollten wir nächsten Montag unseren Salonabend machen und ich soll fragen, ob dir das passt. Alle sind schon gespannt, was du zu erzählen hast.«

»Ja, Montag ist gut. Kannst du so gerne weitergeben. Ich bringe dann was Schönes von hier mit«, antworte ich.

»Prima Charlöttchen. Und was machen die Kinder, vertragen sie sich?«, möchte Cleo wissen.

»Ja, die vertragen sich perfekt. Heute sind sie vom Ausflug kaputt und schauen jetzt Filme«, antwortet Bonnie.

»Das ist fein. Also wenn es sonst nichts Weiteres gibt, würde ich mich dann jetzt wieder meinen Buchbesprechungen widmen!«

»Einen Moment noch, Cleo, ich habe doch noch eine Frage«, sagt Bonnie.

»Ja Bonnie?«, fragt Cleo.

»Wie war eigentlich das Treffen mit dem Maler?«

Cleo lacht laut. »Ah, das habe ich mir ja schon fast gedacht, dass ihr darüber gesprochen habt. Aber gut, es war ein wirklich amüsantes und nettes Treffen.«

»Also hat er sich gut gehalten und sieht gut aus«, folgert Bonnie begeistert.

»Johannes ist immer noch ein attraktiver Mann und hat nach wie vor enorm Charme. Aber vergesst es. Das Thema, das euch interessiert, ist es nicht. Deshalb habe ich es auch dabei belassen«, sagt Cleo.

»Was meinst du damit, dass du es dabei belassen hast? Werdet ihr euch nicht mehr wiedertreffen?«, fragt Bonnie aufgeregt.

»Doch Bonnie, ich denke schon, dass wir uns irgendwann einmal wiedersehen werden.«

»Also aber keine Amour«, sagt Bonnie enttäuscht.

»Nein, das wird keine Amour mehr. Der Zauber von früher ist nicht wiedergekommen. Es ist deshalb besser, die Vergangenheit, so schön wie sie war, ruhen zu lassen. Und jetzt macht ihr euch beide noch einen schönen Abend. Trinkt ein Gläschen auf mich. Ich mache mich jetzt an meine Ausarbeitungen.«

»Das machen wir jetzt, Mama.«

»Au revoir, meine Lieben.« »Au revoir, Cleo.«

Bonnie lehnt sich zurück. »Schade, schade, das wäre es noch gewesen. Leider keine Amour. Aber Charlie, deine Mutter ist einfach unglaublich. So wunderbar konsequent. Aber hätte es gepasst, hätte sie nicht lange gefackelt, da bin ich mir ziemlich sicher! Sie überrascht einen eben immer wieder.«

Wir sitzen noch lange auf der Terrasse, reden über alte Geschichten und genießen die schöne Abendstimmung.

»Sollen wir eigentlich morgen nach St. Tropez fahren?«, frage ich.

»Ja, gute Idee. Lass uns mit dem Wassertaxi fahren. Das ist am einfachsten.« Ich nicke.

»Dann schreibe ich Toni gleich an, was sie genau für Bilder möchte.«

Ich überfliege meine Posts und stelle fest, dass MR71 heute nicht geliked hat. Auch nicht schlimm, denke ich und behalte dies aber weiterhin für mich.

Toni

Manchmal zeigt sich der Weg erst, wenn man beginnt ihn zu gehen.

Die ersten Sonnenstrahlen streicheln mein Gesicht und wecken mich. Der Sommer hat einfach deutlich mehr Lebensqualität, denke ich, während ich mich strecke und im Bett aufrichte. Mir geht es gut, ich bin entspannt und freue mich heute auf das schillernde und glamouröse St. Tropez. Denn Glamour gibt es in St. Tropez, oder St. Trop, wie es hier liebevoll genannt wird, jede Menge. Für mich jedenfalls strahlt keine andere Küstenstadt an der Côte d'Azur einen derartigen Glanz aus. Ich finde es immer wieder faszinierend, wie sich in diesem kleinen Städtchen extravaganter Luxus, pompöse Yachten, schicke Nachtclubs, Kunst und Kultur mit dem ursprünglichen Charme des alten Fischerdorfes wie selbstverständlich mischen. Kein Wunder, dass Schriftsteller, Schauspieler und Künstler dieses Fleckchen Erde so reizvoll und inspirierend finden, dass sie immer wiederkommen. Genau wie ich, lächele ich.

Eine Nachricht trifft ein – Toni. Sie möchte, dass ich in St. Tropez Schaufenster und Dekorationen fotografiere, als Ideen für kommende Events. Toni ist einfach perfekt, sie ist mein zweites Gedächtnis. Und obwohl sie mit ihren 28 Jahren die Jüngste im Salon ist, ist sie mindestens so erwachsen und schlau wie wir alle zusammen.

Ich überfliege meine Nachrichten, aber es ist nichts Wichtiges dabei. Dann prüfe ich noch einmal meinen Eintrag und siehe da, MR71 hat nun doch noch geliked.

Ich hüpfe schnell aus dem Bett, dusche und überlege mir dann ganz genau, was ich heute anziehen werde. Für St. Tropez darf man sich schon etwas schick machen. Ich wähle mein weißes Midi-Kleid mit floraler Lochstickerei und den kleinen Flügelärmeln. Dazu diesmal hellbraune filigrane Riemchensandalen und die große Korbtasche mit den passenden braunen Lederhenkeln und ein wenig zarter Goldschmuck.

Hübsch, ich gefalle mir selbst, zumal ich schon einen schönen Teint bekommen habe.

»Weiß sieht immer gut aus – sauber, gepflegt und jung«, sagt Cleo. Wo sie Recht hat, hat sie Recht. Und hier in der Provence ist Weiß ohnehin die Farbe der Wahl.

Ich wecke Clemens und Claire und lege Clemens seine beigen Shorts und das Ringelpolo auf den Stuhl. Bonnie ist auch schon fertig und sieht wie immer toll aus, strahlend schön in einem hellblauen Leinen-Trägerkleid mit kleinen Volants am Rock.

»Hübsch siehst du aus, Charlie, trés chic!«

»Und du erst«, antworte ich lachend und sage, dass ich noch schnell ein paar Flaschen Wasser und Croissants im Ort hole, so lange bis die Kinder fertig sind.

»Ja und bringe noch etwas Brot mit, dann machen wir heute Abend noch einmal kalte Küche. Wer weiß, wann wir wieder zurück sind«, sagt Bonnie.

»Ja perfekt, mache ich. Bis gleich.«

»A bientôt«, antwortet Bonnie.

Friedlich und sehr verschlafen liegt der Ort in der Morgensonne. Niemand außer mir ist unterwegs. Beschwingt erklimme ich die Stufen zum Marktplatz und überlege, was ich für Cleo aus St. Tropez mitbringen könnte. Wenn ich mich nicht täusche, müsste heute neben dem großen Markt auch der Antikmarkt offen sein. Vielleicht habe ich ja Glück und entdecke dort etwas Originelles. Während ich die letzte Stufe nehme, meine Korbtasche schwenke und gut gelaunt vor mich hin summe, schaue ich auf und sehe einen großen, schlanken und, wie ich spontan denke, sehr attraktiven Mann auf mich zukommen, der mich mit einem freundlichen »Salut« grüßt.

Nun hatte ich nicht damit gerechnet, überhaupt einem Menschen um diese frühe Morgenstunde zu begegnen. Verwirrt und hastig antworte ich »Salut« und laufe eilig weiter. Er hat mein Singen sicher gehört, denke ich spontan, ach, wie peinlich. Ich merke, dass ich erröte, und drehe mich schnell um und sehe, dass er mir ebenfalls hinterherschaut und dabei die Hand zum Gruß leicht anhebt. Schnell schaue ich weg. Jetzt bin ich

124

völlig durcheinander, was für ein hübscher Mann. Und wieso grüßt er noch einmal? Irgendwie erinnert er mich an jemanden. Ich überlege und überlege, aber mir fällt es definitiv nicht ein. Beim Bäcker angekommen kaufe ich meine Croissants, vergesse vor lauter Aufregung erst die Baguettes, die ich in letzter Sekunde noch nachbestelle, nehme die kleinen Wasserflaschen und laufe dann grübelnd zurück.

Die braunen gewellten Haare und das Gesicht, warum kommt er mir so bekannt vor? Wo habe ich ihn schon einmal gesehen? »Ach, alles Einbildung«, sage ich zu mir selbst.

Aber dann plötzlich bleibe ich stehen und es fällt es mir wie Schuppen von den Augen. Ja, denke ich, ich weiß, wer er gewesen sein könnte – der Mann, der täglich meine Beiträge liked – MR71. Ich setze meine Tasche ab. Eigentlich unglaublich, aber es könnte passen.

Ich krame hektisch in meiner Tasche nach meinem Handy, fische es mit einem Schwung heraus und öffne mein Profil. Mein Herz klopft, meine Hände sind zittrig und da ist das Bild. Mon dieu, ich könnte Recht haben.

Ich renne fast zur Anlage zurück, was für ein Zufall am Morgen. Der einzige Mensch weit und breit und dann vermutlich auch noch MR71. Das sollte wohl dann so sein. Es ist dringend Zeit, mit Bonnie zu sprechen, sage ich zu mir selbst. Aber ich brauche den passenden Augenblick. Clemens soll davon nichts mitbekommen. Ich schaue mich andauernd um und bin aber heilfroh, dass es in den Gässchen kein zufälliges zweites Wiedersehen gibt. Ich wüsste auch überhaupt nicht, wie ich mich jetzt verhalten sollte, nachdem ich nun die Verbindung hergestellt habe. »Bonjour MR71.« Wohl eher nicht. Ich brauche jetzt wirklich ganz dringend Bonnies Meinung.

Am Häuschen angekommen rufe ich schon im Vorgarten: »So, ich bin wieder da, wir können dann auch gleich los!«

»Was schreist du denn so laut, Charlie, mach mal langsam, keine Hektik, die Kinder können ja wohl noch kurz frühstücken, oder?«

»Ja natürlich, hier sind die Croissants und die Getränke für die Fahrt.«

Die Kinder sitzen am Esstisch. Ich lege die Brötchentüte auf den Tisch, drücke Clemens einen Kuss auf den Kopf, nehme mir ein Glas Wasser und gehe hinaus auf die Terrasse. Bonnie ruft hinterher: »Setz dich doch zu uns.« Ich antworte, dass ich gerade keinen Appetit habe.

Bonnie kommt mit ihrem Kaffee zu mir nach draußen und schaut mich besorgt an. »Ist alles gut bei dir?«

»Ich muss dir dringend etwas erzählen«, sage ich hektisch und möchte schon ansetzen weiter auszuführen, als Claire von innen nach Bonnie ruft. »O. K., lass gleich sprechen«, antwortet Bonnie und geht zurück zu den Kindern. Ich denke mir, dass das jetzt doch kein guter Zeitpunkt war, so zwischen Tür und Angel. Aber es ist einfach auch zu aufregend.

Clemens kommt zu mir, legt seinen Arm um mich und hält mir sein Croissant hin. Ich beiße ab. »Warum isst du nichts, Mama?«, fragt er.

»Alles gut. Weißt du, ich bin so schnell gelaufen, ich musste erstmal was trinken, aber ich beiße gerne noch einmal bei dir. Es schmeckt ganz köstlich«, antworte ich. Ich streiche ihm über den Kopf: »So und jetzt macht ihr euch fertig und dann fahren wir los, okay?«

»Ja«, sagt Clemens und geht wieder hinein.

Ich beruhige mich und denke mir, dass ich mir das ja vielleicht auch alles nur einbilde. »Wir können los«, ruft Clemens. »Ich bin auch fertig«, antworte ich, schüttele den Kopf und gehe hinein. »So, ihr seid bereit, dann lasst uns mal ins hübsche St. Tropez fahren!« Ich nehme meine Tasche und rufe: »Auf los geht's los!«

Claire und Clemens rennen Richtung Auto und Bonnie sagt: »Was wolltest du mir sagen?«, während wir hinterherlaufen.

»Ach, das war gar nicht so wichtig.«

»O. K., ich dachte schon, was dir wohl widerfahren ist, so wie du vorhin hier reingerauscht bist«, grinst Bonnie.

Ich lächele und sage, dass ich einen hübschen Mann gesehen habe.

»Also Charlie«, lacht Bonnie, »das muss ja Jude Law höchstpersönlich gewesen sein, dass du so dermaßen die Contenance verloren hast.«

»Ja, so ungefähr, er sah mal richtig gut aus«, murmele ich und denke, während ich ins Auto steige, dass es wirklich lächerlich von mir war, so zu reagieren. Die ganze Fahrt über ist es mir noch hochgradig peinlich.

»Gut, dass wir gleich in St. Tropez Ablenkung haben«, sage ich zu mir selbst.

Bonnie hat die Musik laut aufgedreht und ich bin froh, dass ich nicht sprechen muss. In Port Grimaud steigen wir in das Wassertaxi, eine kleine Fähre, die stündlich nach St. Tropez fährt. Clemens möchte mit mir auf dem Dach sitzen und wir klettern die steile kleine Treppe hinauf. Bonnie und Claire ist das zu windig und sie nehmen unten im hinteren Bereich des Bootes Platz. Wir fahren los. Clemens legt seinen Kopf an meine Schulter, das Boot schaukelt und wir genießen die Wärme der Sonne auf unserer Haut und lachen laut, wenn uns bei jeder neuen Welle ordentlich Gischt ins Gesicht spritzt. Ich nehme Clemens fest in den Arm. Ich bin dankbar, dass ich ihn habe. Auch wenn es nicht immer einfach ist, so entschädigen mich die vielen kleinen Momente der Innigkeit für so manche Einsamkeit. Und dann wünsche ich mir für eine Sekunde, dass MR71 jetzt hier bei mir sitzt. Und erschrocken denke ich, was das für dumme Gedanken sind. Vielleicht wünsche ich mir einfach nur, dass er mir aus echtem Interesse folgt. Dass er mich ausgesucht hat, denn warum sollte er denn sonst alle Beiträge liken. Uns – denn er hat ja auf meinen Bildern gesehen, dass es Clemens gibt. Ich denke an Cleo, was sie mir sagen würde. Wahrscheinlich so etwas wie: »Charlotte, ich gebe dir den guten Rat. Mache dir nicht so viele Gedanken um ungelegte Eier. Es kommt, wie es kommt, und dann gibt es auch für alles eine Lösung.«

Recht hat sie. Vielleicht rufe ich sie heute Abend mal an.

Je näher wir auf den Hafen zusteuern, desto größer und imposanter werden die Yachten, die in der Bucht von St. Tropez ankern. An der Einfahrt begrüßt uns der kleine Leuchtturm und gibt uns den Blick auf die hübsche Hafenpromenade mit ihren vielen Cafés, Bars und Restaurants in den umliegenden Fischerhäusern frei. Wir sind da und steigen aus. Ich denke mir, was wohl die Hafenhäuser berichten würden, wenn sie sprechen könnten. Sicher gäbe es einiges zu erzählen. Und wären ihre Fenster Augen, mein lieber Mann, was sie im Laufe der Jahre alles gesehen haben. Diese Informationen wären ein Vermögen wert, nein unbezahlbar. Ich muss bei dem Gedanken schmunzeln, was da so alles zu Tage käme.

Yacht an Yacht liegt neben alten Fischerbooten. Einige Maler bauen ihre Staffeleien auf. Wir schlendern die Promenade Richtung Eisdiele. Auf das Eis freue ich mich tatsächlich schon lange. Es ist ein absolutes Must-have, sozusagen das kulinarische Accessoire hier am Hafen. Clemens und Claire wählen große Waffeln mit bunten Streuseln und dazu Mousse au Chocolat und Erdbeereis. Bonnie und ich nehmen die gleichen Waffeln, allerdings mit Himbeer- und Melonenkugeln, und setzen uns dann auf das kleine Mäuerchen am Wasser und beobachten die vielen Menschen, die hier kommen und gehen. Wir finden es herrlich. Ich mache ein Bild von unseren vier Eiswaffeln, poste es und bin gespannt, ob es ihm wieder gefällt.

Erfrischt schlendern wir anschließend durch die hübsch gepflasterten Gassen Richtung Place des Lices, vorbei an traumhaft dekorierten winzigen Boutiquen. Überall in St. Tropez spürt man die Liebe zum Detail, alles ist sehr gepflegt und trotz des ganzen Luxus, der ständig präsent ist, hat der Ort nicht an seiner Ursprünglichkeit verloren. Während Bonnie und Claire nach neuen Bikinis und Tuniken suchen, widme ich mich mit Clemens den Interieur-Geschäften. Ich fotografiere für Toni edle Keramikkunst, handbemaltes Porzellan, elegante Kissen und Decken aus gewaschenem Leinen und viele schicke Treibholz-Accessoires. »Was möchte Toni denn damit machen?«, fragt Clemens. »Sie denkt, dass wir hier neue Dekorationsideen finden können, vielleicht für ein Sommerfest«, antworte ich. Clemens nickt und entdeckt einen Souvenirladen, in dem er sich umschauen möchte. Ich warte draußen und gehe meine Bilder durch. Für Toni wäre es hier das Paradies.

Toni hat einfach von Natur aus ein gutes Gespür für Trends und verfügt über einen außergewöhnlich erlesenen Geschmack und eine natürliche Eleganz. Es gibt Menschen, die die Gabe besitzen, dass selbst der einfachste Pullover an ihnen wie Haute-Couture aussieht. So ist das bei Toni. Wir kennen uns schon seit vielen Jahren, als sie noch Auszubildende in der Agentur war und für ein paar Monate zu mir in den Text kam. Auch wenn sie meine Tochter sein könnte, hat sich aus der Zusammenarbeit eine echte

Freundschaft ergeben und wir haben uns nie aus den Augen verloren, auch während ihres Studiums nicht. Ich habe zuvor noch keine andere Auszubildende erlebt, die so zielstrebig und engagiert war wie sie. Dabei lässt man sich zunächst gerne von ihrer anmutigen Erscheinung, den dunkelbraunen Rehaugen im zarten Gesicht und dem üppigen, mädchenhaften langen schwarzen Haar täuschen. Im Gegenteil, Toni weiß genau, was sie will. Auch wenn Julia der Meinung ist, dass sie in die Welt hinausgehen soll und dass es ein Jammer ist, dass sie ihre Talente zu Gunsten ihrer Familie zurücksteckt, so sieht Toni das anders.

»Weißt du, Charlotte, ich weiß, wo ich herkomme und wo ich hingehöre. Ich habe meiner Großmutter alles zu verdanken und werde sie jetzt garantiert nicht im Stich lassen. Meine Zeit kommt noch!« Ihr spanischer Vater ging als sie klein war in seine Heimat zurück und ihre Mutter war bei ihrer Geburt fast selbst ein Kind, so dass sie ihre Großmutter aufgezogen hat.

Und so sehr ich sie für ihre Loyalität und ihren Fleiß bewundere, so denke auch ich manchmal, dass ihr ein wenig mehr Egoismus guttun würde. Denn während Toni neben ihrem Studium tüchtig Geld verdient, führt ihr Freund Arndt ein sehr bequemes Studentenleben, mit viel Urlaub und Partys. Darauf angesprochen verteidigt ihn Toni meist: »Ach, das ist schon in Ordnung so, er muss eben nicht arbeiten und hat auch ein wesentlich intensiveres Wochenprogramm als ich.« Alle im Mädchensalon hoffen, dass ihr Arndt wirklich weiß, was er an ihr hat. Aber eigentlich wünschen wir ihr, dass sie es schafft, sich irgendwann Arndts zu entledigen. »Es ist eine Schande. Was dieses hübsche Mädchen schuftet, um sich und ihre Familie durchzubringen, und dann hat sie auch noch diesen Faulpelz am Bein. Das hat sie nicht verdient. Sie sollte ihn rauswerfen. Lieber ein Ende mit Schrecken als ein Schrecken ohne Ende«, pflichtet hier Cleo gerne bei. Natürlich sagt sie das so dramatisch nicht im Beisein von Toni.

Ich muss noch heute bei dem Gedanken lächeln, wie Toni mich damals aufgeregt anrief, als sie vom Mädchensalon erfahren hatte, und mir ohne Punkt und Komma all ihre Qualitäten aufzählte, nur um mich davon zu überzeugen, dass sie unbedingt Teil des Salons werden möchte.

Ich konnte damals Unterstützung gebrauchen, die Einnahmen waren da und ich wusste, dass sie zu uns passt. Toni ist für uns unverzichtbar. Sie koordiniert nicht nur alle Veranstaltungen und unsere monatlichen Meetings, sondern unterstützt mich bei kleinen Events und unseren beliebten Film- und Sommerabenden. Aber vor allem berührt sie uns mit ihrer Herzlichkeit immer wieder. »Ich bin so froh, dass ich euch habe. Ihr seid mir so ans Herz gewachsen, jede einzelne von euch bedeutet mir so viel«, waren ihre Worte auf der letzten Weihnachtsfeier und zauberten sogar meiner sonst so selbstbeherrschten Mutter Cleo ein paar Tränen ins Auge.

Ich lehne meinen Kopf gegen die kühle Mauer, während ich die Bilder an Toni schicke. Ich bin so stolz auf diese großartige Truppe und vor allem, was wir in den vergangenen Jahren zusammen erreicht haben und wie viele andere Frauen und Freundinnen wir inzwischen mit dem Mädchensalon glücklich machen – Helen mit ihren Malerei- und Kalligraphieworkshops, Julia und ihr Yoga- und Coachingangebot, Cleos Literatursalon und Nita und Anni mit ihren Koch- und Handarbeitskursen.

»Charlie, da bist du ja«, ich werde prompt von Bonnie aus meinen Gedanken gerissen. »Wo ist Clemens?«

»Dort im Souvenirshop«, ich zeige mit dem Finger auf den gegenüberliegenden Laden.

»Ich gehe ihn holen«, sagt Claire und entschwindet begeistert im Geschäft.

Bonnie zeigt mir ihre Beute – »Vichy-Bikinis und eine fast so schöne Tunika wie in Pampelonne, nur ungefähr das Zehnfache günstiger«, raunt sie mir begeistert zu und grinst.

»Schön, schön, ich habe nichts gekauft, aber tolle Fotos geschossen.«

Wir winken den Kindern zu, dass sie kommen sollen. Clemens möchte unbedingt eine Schneekugel mit dem Hafen von St. Tropez kaufen und Claire eine schrecklich kitschige Muscheldose. Wir lassen sie gewähren. »Wenn es sie glücklich macht. Im besten Falle haben wir damit schon Material fürs nächste Schrott-Wichteln«, meint Bonnie.

Wir schlendern weiter und Bonnie sagt: »Übrigens Charlie, ich habe gestern noch lange mit Mathis gesprochen und es war genau richtig, ihm noch einmal in Ruhe zu erklären, wie ich mich gerade fühle, danke Charlie, für deine Tipps.«

»Siehst du. Und versteht er dich?«, frage ich.

»Ja, ich denke jetzt etwas besser. Und du hast Recht, er sieht sein aktuelles Arbeitspensum nicht als einen Dauerzustand. Er möchte seine Möglichkeiten ausschöpfen und hat damit auch viel Spaß. Und er fand die Idee von dir sehr gut, dass ich mir ein kleines Hobby suche. Aber das Beste ist«, und strahlt mich an,

138

»er möchte endlich mal wieder un rendez-vous romatique mit mir haben, Charlie!«

»Na also, dann ist ja alles paletti«, grinse ich.

»Mama, hier ist der Laden mit den tollen Kuchen«, ruft Clemens.

»Oh ja, La Tarte Tropezienne, wollen wir sie jetzt gleich mitnehmen oder auf dem Rückweg?«, frage ich Bonnie.

»Lass sie später kaufen, sonst werden sie nur schlecht.« Ich nicke und schaue mir die kleinen Kunstwerke aus Hefeteig, gefüllt mit luftiger Vanillecreme und einer mit Hagelzucker überstreuten goldbraunen Außenschicht durch das Fenster an. Auch wenn ich eigentlich überhaupt nicht kuchenverrückt bin, kann ich bei dieser Köstlichkeit tatsächlich nicht widerstehen. »Und jetzt geht's auf den Markt«, rufe ich den Kindern zu. »Bleibt jetzt bitte bei uns.«

Ein paar Meter weiter stehen wir auf dem idyllischen Place des Lices, inmitten unzähliger Stände mit fein duftenden Lebensmitteln, farbenprächtigen Gewürzen, luftigen Blumenkleidern, filigranem Schmuck,

Havanna-Strohhüten, handgefertigten pastellfarbenen Seifen und hübschen Lavendelprodukten. Ein Wochenmarkt wie aus dem Bilderbuch, riesig und dennoch mit zauberhaft nostalgischem Flair. Aber trotz der großen schattenspendenden Platanen ist es in den Gängen sehr heiß, was vor allem daran liegt, dass Unmengen Menschen sich von Stand zu Stand durch die engen Gassen drängen.

»Wir sind einfach zu spät dran«, meint Bonnie enttäuscht. »Ich muss das jetzt nicht haben, oder willst du unbedingt, Charlie?«

»Nein, das ist in Ordnung, ich hole nur schnell zwei Korbtaschen für Julia und Toni und möchte kurz noch rüber zum Trödelmarkt, ob ich dort für Cleo etwas Schönes finde.«

»O. K., dann hol du die Körbe und wir gehen schon mal vor und schauen, ob wir etwas entdecken.«

Ich schnappe zwei klassische Korbtaschen mit Lederhenkeln und laufe dann schnell hinüber zum Antikmarkt. Wir bleiben bei einem antiquarischen Bücherstand stehen. Das Glück ist auf unserer Seite. Ich

140

finde einen hübschen Schwarz-Weiß-Fotoband über die Provence. Der Preis ist perfekt, so dass ich nicht verhandeln möchte und direkt bezahle. »Das war ja mal ein echter Schnapper«, sage ich, während ich das Buch in meiner Tasche verstaue.

»Ich habe Hunger«, sagt Clemens.

»Ich auch«, meint Claire.

»Gut, dann schlage ich vor, dass wir Richtung Plage de la Ponche laufen und uns dort ein hübsches Restaurant suchen, einverstanden?«, antwortet Bonnie.

»Einverstanden«, antworten alle.

Unterwegs bleibt Clemens plötzlich an einem Sneakers-Laden stehen und deutet auf ein T-Shirt mit großem Logo-Druck. »Das hätte ich gerne«, sagt er. Ich schaue ihn an und frage ihn, ob das sein Ernst ist und ihm das wirklich gefällt. Er sagt: »Mama, das ist richtig cool. Ich möchte nicht mehr nur Polos anziehen.« Wunderbar, denke ich, den Geschmack hat er definitiv nicht von mir. Bonnie sagt, dass wenn es für mich okay ist, sie ihm das gerne schenken möchte. Clemens ist begeistert und zieht es umgehend an. Er umarmt Bonnie mehrfach. Also müssen ihm die Polohemden wohl schon lange gestunken haben, so wie er sich über das Shirt freut. Nun gut, dann gehen wir nun zu Streetwear über, denke ich für mich. Auch kein Problem. Obwohl es mich schon etwas schmerzt, denn er sah in den Ringelshirts immer so niedlich aus.

»Charlie, ich weiß, was du denkst. Aber das tragen die alle auch bei mir in der Schule. Das ist richtig hip. Und er wird dreizehn Jahre alt. Zeit, sich auszuprobieren.«

»Ja Bonnie, so ist das wohl«, seufze ich. »Wer weiß, was im Laufe der Zeit da noch alles kommt.«

»Das wird alles gut, er ist ein feiner Junge«, antwortet Bonnie und läuft plötzlich los.

»Da vorne ist ein Platz frei, ich reserviere ihn.«

Wir sind nun auf der Terrasse oberhalb des kleinen Stadtstrandes und hier gibt es zwei Restaurants, die immer ausgebucht sind. Tatsächlich haben wir heute dank der hervorragenden Augen von Bonnie das große Glück, einen Vierer-Tisch ergattert zu haben. »Ist das nicht herrlich«, ruft Bonnie, die gleich mit ihren Tüten

142

alles belegt hat. »Ja perfekt«, freue ich mich und lasse mich in einen der Stühle fallen. »Wir haben tatsächlich den Logenplatz mit Blick über das Meer bis nach St. Maxime. Super gemacht, Bonnie«, sage ich.

Die Kinder wollen Frites, wir nehmen Sardinen und Salat. Unter uns am Strand lässt ein Mann schillernde Seifenblasen über das Wasser schweben. Clemens und Claire sind davon ganz fasziniert und fragen, ob sie bis das Essen kommt hinunter dürfen. »Ja, könnt ihr machen, aber ihr geht nicht direkt ans Wasser. Verstanden?!«

»Ja, verstanden«, und schon sind beide weg.

Die Getränke kommen und Charlie hält ihr Glas hoch. »Was geht es uns gut, nicht wahr, Charlie?« Ich kann ihr nur beipflichten. »Prösterchen, ma Chére.«

»Chin-Chin«, antworte ich.

»Ich schicke Toni kurz noch schnell die restlichen Bilder durch, o. k.?«, sage ich zu Bonnie. Bonnie nickt.

Noch während ich die Nachricht an Toni verfasse, klicke ich auf meinen Post und gehe die Likes durch. Schon die ganze Zeit wollte ich nachschauen, aber es gab keine Möglichkeit. Nein, leider kein Like von MR71, denke ich enttäuscht. Na ja, was habe ich auch erwartet. Vier Eiswaffeln, was soll daran auch toll sein, denke ich zu mir selbst und ärgere mich, dass ich nicht ein anderes Motiv gewählt habe. Während ich schon mein Handy ausschalten möchte, fällt mein Blick auf die Kommentare.

»Gute Wahl und viel Spaß!« steht da geschrieben. Von ihm. Ungläubig lese ich die Zeile immer wieder und wieder. Er hat noch nie kommentiert. Mon dieu, mon dieu, mein Herz schlägt aufgeregt und mir wird ganz heiß. Das hat definitiv eine Bedeutung. Mein Bauchgefühl hatte heute Morgen also Recht. Ich könnte laut jubeln, er muss es gewesen sein.

Lächelnd schicke ich die Nachricht an Toni ab und dann streiche ich mit meinem Finger über die fünf

Worte, die mich so berühren und augenblicklich glücklich machen.

»Charlie hallo, was gibt es bei dir Schönes?«, fragt mich Bonnie.

Ich lege mein Handy zur Seite, nehme meine Sonnenbrille ab und schaue Bonnie an. »Bonnie, du wirst es nicht glauben, er hat geschrieben und uns viel Spaß gewünscht!«

Bonnie beugt sich nach vorne und fragt: »Wer hat geschrieben?«

Ich antworte: »Na, der Mann von heute früh.«

Jetzt setzt sich Bonnie aufrecht hin. »Wie der Mann von heute früh, der Schönling, den du im Ort getroffen hast?«

»Ja, genau der«, lächele ich.

»Was ist das für ein Quatsch, der kennt dich doch gar nicht?«, antwortet Bonnie.

Ich schaue hinunter zu den Kindern, die noch immer vergnügt am Strand stehen.

»Also gut, Bonnie, ich dachte erst, dass ich mir alles einbilde, aber es ist tatsächlich so, dass seit wir hier sind alle meine Beiträge von einem gewissen MR71 angesehen und geliked werden. Also wirklich alle Beiträge. Und heute Morgen bin ich ihm dann im Ort zufällig begegnet und er hat ›Salut‹ gesagt. Bis jetzt war ich aber nicht sicher, ob das wirklich ein und derselbe Mann ist. Aber jetzt weiß ich es.«

»Moment, Moment, was erzählst du da und was ist das für ein Name MR71? Wer soll das sein?«, fragt Bonnie.

»Ich weiß nicht, wie er wirklich heißt. MR71 ist sein Profilname und es steht nur Grimaud und München dabei. Mehr weiß ich nicht, weil ich ihn nicht als Kontakt habe.«

»Zeig mal bitte her.« Bonnie streckt hektisch ihre Hand nach meinem Handy aus. Ich reiche es ihr herüber und zeige ihr sein kleines Profilbild. »Ja, da kann man ja nun gar nichts erkennen. Warum hast du ihn denn nicht einfach mal als Kontakt angefragt? Nur um zu sehen, wer das überhaupt ist. Und außerdem, warum hast du mir davon nichts erzählt?«, fragt Bonnie sichtlich enttäuscht.

»Ich wollte es dir tatsächlich erzählen, dann war ich mir wieder nicht sicher und dann kam auch dauernd etwas dazwischen.« Bonnie sieht mich an und grinst.

»Charlie, Charlie, du bist einem fremden Mann verfallen. Aber so ist das doch alles Quatsch. Du weißt gar nichts über ihn. Du musst doch erst einmal herausfinden, ob das ein netter Mensch ist.« Lächelnd gibt sie mir mein Handy zurück. »Und deshalb, meine liebe Charlie, weil ich es gut mit dir meine und deine Freundin bin, die auf dich aufpasst, habe ich ihn soeben als Kontakt angefragt.«

»Was hast du gemacht, ach Mensch, Bonnie, das musste ja wieder sein?«, sage ich verärgert.

»Ich habe es genau deshalb gemacht, weil du es niemals gemacht hättest und du nur noch zwei Tage da bist. Und ehe du dich verrückt machst, wollen wir doch erstmal sehen, wer das wirklich ist.«

Bonnie legt den Kopf zur Seite und fragt: »Sieht er echt so gut aus?«

»Ja, das tut er«, sage ich und weiß nicht, ob ich sauer oder erleichtert über Bonnie bin.

»Mal sehen, wie schnell er dich freigibt«, grinst Bonnie. Ich nehme zittrig mein Handy an mich. »Essen kommt. Ich hole die Kinder und du musst nicht verärgert sein, Charlie. Alles wird gut und wir haben noch aufregende letzte Tage vor uns«, lachend steigt sie die Treppen hinunter.

Ja, ja, das wollen wir erstmal sehen, denke ich und setze meine Sonnenbrille wieder auf.

Während des Essens zwinkert Bonnie immer wieder zu mir herüber. So lange, bis ich lachen muss. Auch das war schon immer so. Einer von uns beiden gibt immer nach.

»Kinder, also ich möchte so schnell es geht nach Hause«, sagt Bonnie »Und ihr?« Claire und Clemens sind damit sehr zufrieden und so macht sich unsere kleine Reisegesellschaft nach dem Essen mit einem letzten Abstecher bei der Patisserie auf den Weg zurück zum Hafen.

»Warte bitte, bis wir wieder im Häuschen sind, und lass uns dann gemeinsam nachschauen, ob er den Kontakt angenommen hat Charlie. Ich bin super gespannt«, flüstert mir Bonnie zu und hakt sich bei mir ein.

»Gut, versprochen. Ich bin jetzt sowieso zu aufgeregt«, antworte ich.

Insgeheim finde ich es immer noch nicht toll, dass er jetzt weiß, dass ich seinen Kontakt aktiv suche. Aber dafür ist es jetzt auch zu spät. Andererseits hat Bonnie natürlich damit Recht, dass sonst alles bei reinen Spekulationen bleiben würde, sage ich zu mir, während ich mit Clemens wieder auf dem oberen Deck der Fähre Platz nehme. Bonnie und Claire bleiben unten.

Au revoir St. Tropez.

Au revoir et a bientôt!

Als wir losfahren, fragt Clemens plötzlich: »Meinst du, Papa hätte gerne eine Yacht gehabt?«

Ich schaue ihn an. »Nein, das glaube ich nicht. Wenn er sich für ein Schiff interessiert hätte, dann wäre das vielleicht ein Segelboot gewesen. Ich glaube, er hätte gerne mal einen Segeltörn mitgemacht.« Clemens nickt

»Und Opa?«

Ich muss lachen. »Opa auf keinen Fall. Opa hätte weder eine Yacht noch ein Segelboot gewollt. Du weißt, er war am liebsten mit Oma in den Bergen oder beim Wandern, die Füße immer auf dem Boden, das war das Wichtigste für ihn.«

Ich drücke ihn und denke, wie ähnlich sich doch mein Vater und Carl waren. Sie mochten die Natur, das einfache Leben und brauchten beide keinen Schnickschnack, auch wenn sie das ab und zu uns zuliebe mitmachten. Die Gegend hier hätte ihnen aber beiden gut gefallen.

Ach, die Zeit vergeht so schnell.

Drei Jahre ist mein Vater nun auch schon tot. Hätte er sich damals für einen Herzschrittmacher entschieden, könnte er jetzt noch bei uns sein. Aber er wollte kein Siechtum haben, wie er sagte. Heute verstehe ich ihn.

»Und du, Mama, hättest du gerne eine Yacht?«
»Nein, aber ich hätte gerne ein kleines Appartement für dich und mich hier. Wenn ich wählen könnte, dann würde ich das nehmen. Und du?«, frage ich.
»Also ich finde Yachten toll, ich hätte gerne eine.« Clemens schaut mich an und ich denke mir, dass das dann ein ganz anderer Schlag als der Rest der Familie ist.
»Vielleicht hast du ja irgendwann eine Yacht. Das Leben liegt ja noch vor dir«, und streiche ihm über seine Wange.

Auf der Rückfahrt bestätigt Bonnie Clemens, dass sie auch keine Yacht besitzen will, aber sehr gerne später auf seiner Yacht mitfährt. Im Gegenzug erklärt Claire, dass sie auf jeden Fall ein großes Boot haben möchte.

Und somit passt dann auch die nächste Generation zusammen.

Kaum sind wir im Haus und die Kinder am Pool, zieht mich Bonnie auf die Terrasse an den Tisch.

»Schau bitte nach, ob sich etwas getan hat. Zeige mir mal den Account!«

Ich halte mein Handy fest und antworte: »Ab sofort wird nur noch mit den Augen geguckt.«

»O. K., o. k., Charlie, aber hat er nun den Kontakt freigegeben?«

Ich gehe auf sein Profil und siehe da, es ist freigeschaltet. »Ja, das hat er gemacht!«, sage ich erleichtert und freue mich still.

»Oh wunderbar, was hat er für Fotos?«

Wir schauen uns seine Seite an. Es sind nicht wirklich viele Bilder hinterlegt. Ein paar Landschaftsfotos von Bergen, dann Häuser, vermutlich aus Grimaud. Und ein Portrait von ihm und ein weiteres Foto mit ihm und einem Jungen. Es gibt keinen Zweifel mehr, es ist meine Begegnung.

»Er heißt Maximilian«, ruft Bonnie begeistert. »Also Charlie, der Name ist ja schon mal ordentlich. Hier kann man nichts dagegen einwenden. Ich recherchiere mal nebenher, ob ich unter dem Nachnamen und München etwas finden kann. Aber lass uns jetzt jedes einzelne Foto genau untersuchen. Vor allem wer alles kommentiert hat. Wenn das hunderte Frauen sind, kann man es gleich vergessen. Am besten beginnen wir deshalb bei seinem Foto. Und ja, Charlie, du hast Recht, er sieht sehr attraktiv und sympathisch aus.«

Ich klicke das Bild an.

»Der arme Mann. Wenn er wüsste, wie wir hier alles auseinandernehmen«, meine ich.

»Egal, wir müssen ja nun erstmal herausfinden, ob er seriös ist«, kichert Bonnie.

Ich bin sehr froh darüber, dass wir nichts Anrüchiges finden. Bonnie ist auch zufrieden.

»Gut, hier lässt sich nichts Verdächtiges finden. Also ist er zumindest nach dem ersten Eindruck kein chasseur de tablier, der Junge könnte übrigens sein Sohn sein, aber da steht nichts dergleichen dabei. Er sieht aber auch gut aus. Dann hätte Clemens einen großen Bruder. Mon dieu, mon dieu. Und schau mal, ich habe etwas gefunden. Er ist Autor und Coach. Das wird jetzt langsam sehr interessant. Siehst du, und hier unter diesem Bild in Grimaud steht bureau d'été. Er ist hier im Sommerbüro. Auch nicht schlecht. Was meinst du?«

»Ja, das hört sich alles ganz gut an«, antworte ich kurz.

»Hach Charlie, das wird ja richtig aufregend. Das ist quasi deine erste männliche Internetbekanntschaft. Und dann auch noch hier im Urlaub. Wer hätte das gedacht. Aber nun stellt sich vor allem die Frage, wie lernst du ihn jetzt noch kennen?«

»Das weiß ich nicht, ich habe keine Ahnung, ob ich ihn ja überhaupt noch einmal sehe. Das war ja vorhin reiner Zufall.«

»Ich habe eine Idee. Du könntest ein bisschen durch den Ort spazieren«, lacht Bonnie.

»Na super und dann, falls ich ihn sehe, sage ich: ›Ich habe Sie gesucht.‹«

Wir lachen beide.

»Ich könnte ihm etwas schreiben, aber das will ich auf keinen Fall. Das wäre ja richtig aufdringlich. Und das kommt für mich sowieso nicht in Frage.«

»O. K., das musst du ja auch nicht machen. Das würde ich auch nicht tun. Wann warst du heute beim Bäcker, Charlie?«

»Ich war um 7.45 Uhr oben«, antworte ich.

»Fein, da hast du ihn getroffen. Also wenn er Interesse hat, dann geht er morgen auch um 7.45 Uhr zum Bäcker. Das ist nämlich eure einzige Verbindung. Und wenn ihr morgen beide da seid, dann ist das wie eine stille Verabredung«, Bonnie klatscht begeistert in die Hände.

»Du meinst wirklich, dass ich morgen zum Bäcker laufen soll, und dann?«, ich schaue Bonnie fragend an.

»Ja, das ergibt sich dann von selbst und ihr plaudert ein bisschen. Das hat schon etwas Romantisches, findest du nicht?« Bonnie schaut mich verzückt an.

»Nein, das kann ich nicht, das schaffe ich nicht«, sage ich.

»Wieso denn das nicht? Gut, dann gehe ich morgen für dich zum Bäcker und sondiere die Lage. Wir können die Kinder nicht alleine lassen, sonst könnten wir zusammen gehen.«

Ich überlege kurz und schließe dann diese Variante kategorisch aus. Das fehlt mir gerade noch, dass Bonnie in ihrem Übereifer über den netten Mann herfällt. Dann gehe ich doch lieber selbst.

»Nein Bonnie, ich mache das dann doch alleine. Wenn es so sein soll, dann sehe ich ihn morgen eben dort wieder.«

»Ich freue mich so. Das ist deine beste Entscheidung überhaupt, Charlie. Ich bin stolz auf dich und ich kann es kaum erwarten. Ich schlage vor, dass wir jetzt noch die Kleiderfrage klären.«

»Wie meinst du das?«, frage ich.

»Wir suchen jetzt etwas Passendes aus, dann hast du morgen keinen Stress und jetzt haben wir Ruhe.«

Bonnie springt auf und steigt zielstrebig die Treppe nach oben hinauf. »Komm schon«, ruft sie nach unten. Widerwillig gehe ich nach oben.

Mir ist das jetzt schon viel zu viel Aufregung. Wie soll ich denn dann morgen entspannt zum Bäcker gehen.

Bonnie steht vor dem Schrank und ruft: »Wie gut, dass du so viele Fummel eingepackt hast. Schau mal, ich finde diese drei Kleider am besten. Schick, mädchenhaft, nicht übertrieben und auch bequem. Was meinst du?«

»Ich denke, das rosa Paisley-Kleid ist gut. Das mag ich gerne und da fühle ich mich wohl.«

»Ja, sehr hübsch«, pflichtet mir Bonnie bei und legt mir die goldenen Riemchensandalen dazu. »Perfekt, damit siehst du hinreißend aus. Er wird sich auf der Stelle in dich verlieben, sofern das ohnehin nicht schon geschehen ist«, lacht Bonnie. »So und jetzt machen wir Abendessen, damit du früh ins Bett kommst und morgen wundervoll erholt bist. Wollen wir nach deinem Rendezvous dann an den Strand nach L'Estagnol fahren?«

»Ja, das ist eine gute Idee. Da ist es immer schön. Du hast es gut, Bonnie, du bleibst noch eine ganze Woche hier!« »Das ist gar nicht so toll, ich werde die Zeit mit dir richtig vermissen, Charlie. Aber jetzt haben wir noch zwei ganze Tage und ich hoffe, dass sie unvergesslich werden.«

Am Abend liege ich noch lange wach und schaue mir immer wieder sein Foto an. Mir gefällt sein Gesicht, die warmen braunen Augen, die schön gewellten Haare, die gerade Nase und die markanten Wangenknochen. Je mehr ich an ihn denke, umso aufgeregter werde ich. Cleo würde sagen: »Du hast doch gar nichts zu verlieren und vergibst dir auch nichts.« Ich versuche mich zu beruhigen, indem ich mir einrede, dass überhaupt nichts passieren kann, denn schließlich bin ich in zwei Tagen wieder weg und zum Bäcker wäre ich sowieso gegangen. Also keine Aufregung, Charlotte. Geholfen hat es nicht wirklich. Erst gegen zwei Uhr schlafe ich ein.

Anni und Nita

»Zufällig sieht man sich, man fühlt, man bleibt, und nach und nach wird man verflochten.«
(Johann Wolfgang von Goethe)

Mit einem aufgeregten Kribbeln im Bauch wache ich auf. Es ist noch sehr früh am Morgen, aber ich bin sofort hellwach. Einschlafen kann ich nicht mehr. Alle paar Minuten schaue ich auf die Uhr. Ich fühle mich schlechter als vor einer großen Prüfung. Mein Herz klopft, mein Mund ist trocken und mein Magen verkrampft. Je mehr ich versuche gedanklich gegen meine Nervosität anzugehen, umso stärker wird sie.

Es hilft nichts, seufzend setze ich mich auf den Bettrand, meine Knie sind weich wie Pudding. Zur Verbesserung meines Allgemeinzustandes beschließe ich, erst einmal eine richtig kühle Dusche zu nehmen. Ich schleiche ins Bad und lasse lange das kalte Wasser über mich rinnen. Danach geht es mir schon besser und ich mache mich langsam fertig. Das Kleid ist perfekt und sieht wirklich hübsch aus. Daran liegt es bestimmt nicht. Ich verzichte auf Schmuck und stecke mir nur meine kleinen Gold-Creolen ins Ohr. Anschließend trage ich sorgfältig etwas Mascara und Rouge auf, binde mir die Haare zum Pferdeschwanz zusammen und schlüpfe in meine Sandalen.

Ich frage mich, vor was ich eigentlich so große Angst habe. Es kann mir doch gar nichts passieren, denn selbst wenn er kommt, heißt das ja noch lange nichts, sage ich immer wieder zu mir selbst. Aber um das herauszufinden, muss ich mich heute einen klitzekleinen Schritt auf unbekanntes Terrain begeben, und das fällt mir sehr schwer. Ich betrachte nachdenklich mein Armband und streiche sanft über die Perlen. Es nützt alles nichts. Heute werde ich keine Gründe suchen, die dagegen sprechen, und ich werde dort hingehen. Ich muss das einfach tun! Ich muss das wissen!

Entschlossen greife ich nach der großen Korbtasche. Es ist 7.15 Uhr und ich habe noch etwas Zeit. Ich werfe einen letzten Blick in den Spiegel und steige dann leise die Treppe hinunter. Während ich mir in der Küche ein Glas Wasser einschenke, ärgere ich mich, dass ich nicht einfach etwas selbstbewusster sein kann.

Die Ungewissheit ist fürchterlich und ich habe keine Idee, wie ich mich verhalten soll, wenn er tatsächlich da sein sollte. Ich leere das Glas mit großen Schlucken. Dann höre ich plötzlich Schritte auf der Treppe. Hoffentlich ist das keines der Kinder, das wäre jetzt wirklich denkbar ungünstig, denke ich.

Erleichtert sehe ich, dass es Bonnie ist, die strahlend auf mich zueilt und im Flüsterton sagt: »Du siehst perfekt aus, Charlie. Ich bin so neidisch. Ich würde so gerne mitkommen und ich bin so gespannt, ob du ihn dort gleich triffst.«

»Ach Bonnie, ich bin so nervös. Ich könnte weinen vor lauter Aufregung, schau, meine Hände zittern schon«, sage ich, während ich ihr meine Hände hinhalte.

»Das kann ich verstehen, Charlie, aber es gibt überhaupt keinen Grund. Wenn er da ist, wird er irgendetwas sagen. Und du bist ja nicht auf den Mund gefallen. Es wäre doch zu schön, wenn er kommt. Und dann rufst du mich bitte sofort an. Du schaffst das und jetzt geh los, dass du nicht zu spät kommst. Und denke gar nicht daran, auf halber Strecke umzukehren!«, lacht sie.

Sie begleitet mich zur Tür und ich laufe langsam los. Am Ende der Anlage drehe ich mich noch einmal um und winke ihr zu. Sie wirft mir eine Kusshand hinterher.

Wie gut, dass ich Bonnie immer im Hintergrund weiß. Bedächtig nehme ich den Weg Richtung Bäcker. Auf den Treppenstufen fängt mein Herz wieder zu tanzen an und meine Courage schwindet mit jedem Schritt. Hier habe ich ihn gestern getroffen. Ich schaue auf die

Uhr. Ich bin pünktlich. Es ist jetzt 7.45 Uhr. Als ich oben ankomme, ist die Straße menschenleer. Was für eine dumme Idee. Ich schüttele den Kopf. Warum sollte er auch hier oben an der Treppe stehen. Irgendwie bin ich erleichtert und gehe die letzten Meter Richtung Bäckerei. Aber vielleicht ist er ja im Laden, denke ich und werfe schnell einen Blick durch die Türe. Nein, es ist niemand da. Ich presse mein Gesicht an die Scheibe und vergewissere mich erneut, aber der Laden ist tatsächlich bis in die hinterste Ecke leer. Und auch um mich herum ist keine Menschenseele weit und breit zu sehen.

»Das hast du nun davon«, sage ich zu mir selbst, während ich weiter durch das Fenster starre. Meine Gefühle fahren Achterbahn. War ich zunächst erleichtert, stellt sich nun eine richtige Enttäuschung ein. Ein paar Sekunden später beginne ich mich dermaßen über mich selbst zu ärgern, und zwar vor allem darüber, dass ich uns wegen dieser albernen und dämlichen Träumerei jetzt noch die letzten Ferientage verderbe. Ich bin komplett erschöpft und das bevor der eigentliche Tag begonnen hat. Schlimm genug, Charlotte, so weit ist es schon gekommen. Damit muss jetzt ein für alle Mal Schluss sein, spreche ich zu mir und öffne mit einem Schwung die Tür zum Laden.

Da stehe ich nun völlig durcheinander und weiß überhaupt nicht, was ich eigentlich bestellen will. Glücklicherweise betritt eine Kundin den Laden, der ich dankbar den Vortritt lasse. Und während ich verzweifelt überlege, das Geschäft fluchtartig ohne Einkäufe wieder zu verlassen, höre ich plötzlich, wie eine angenehm warme Stimme hinter mir sagt: »Also ich würde unbedingt die Quiche probieren, die gibt es nur heute und sie ist hervorragend.« Verwirrt und in Gedanken drehe ich mich um und erschrecke zutiefst. Neben mich tritt Maximilian, der mich freundlich anlächelt. Entgeistert schaue ich ihn an. Damit hatte ich wirklich nicht mehr gerechnet. Für meinen Körper ist die ganze Aufregung auch zu viel, mein Herz schlägt wie verrückt und ich merke, wie sich kleine Schweißperlen am Haaransatz und im Nacken bilden und meine Knie zu zittern beginnen. Wahrscheinlich falle ich jetzt auch noch gleich in Ohnmacht. Das darf auf keinen Fall passieren, denke ich und versuche klare Gedanken zu fassen.

Ich wische mir eilig über die Stirn und lächele verlegen zurück. »Ja«, antworte ich schnell und atme tief ein. »Danke für den Tipp, dann probiere ich das einfach mal aus.« Ich muss hier raus, denke ich, das ist hier alles zu eng. Ich bestelle hektisch vier Quiches, ein Baguette, Croissants und eine Tarte au Chocolat, damit es bloß nicht so aussieht, als hätte ich sonst nichts zu besorgen.

Während ich die Tüten entgegennehme und in meiner Tasche verstaue, höre ich, wie er in perfektem Französisch zwei Croissants und ebenfalls eine Quiche bestellt. Eine Quiche, also für sich alleine schlussfolgere ich und bezahle hastig. Er ist auch fertig und hintereinander treten wir nach draußen

»Die Quiches kommen vom Metzger aus La Garde-Freinet. Es gibt keinen besseren hier in der Gegend.

Dazu ein Glas Wein, das schmeckt ausgezeichnet.« Ich schaue ihn an und denke, dass einfach alles an ihm gut aussieht.

»Maximilian«, sagt er erfreut und reicht mir die Hand. »Charlotte«, lächele ich. Er lächelt zurück. »Wir werden das heute Abend ausprobieren«, versichere ich und presse den Korb wie einen Schutzschild vor mich. Nebeneinander laufen wir ein paar Schritte die kleine Straße hinunter.

»Du machst sehr schöne Fotos. Jedes erzählt eine kleine Geschichte, das gefällt mir«, sagt er.

»Danke, das freut mich. So habe ich das noch gar nicht betrachtet«, antworte ich.

Er bleibt stehen. »Wo geht es heute hin?«

»Heute fahren wir an die Strände bei Bormes-les-Mimosas.«

»Das ist sehr schön dort. Da gibt es ein paar tolle Weingüter.«

Ich nicke »Ja, ich weiß, das stimmt.«

Er biegt nach links ab. »Ich war zu spät und bin mit dem Auto da, wenn du magst, nehme ich dich mit?«

Erschrocken sehe ich ihn an, bleibe abrupt stehen. »Oh danke nein, ich laufe lieber«, und denke bei mir: Wie kannst du nur so etwas Dummes sagen.

Er schaut mich gerade an. »Ich verstehe, kein Problem, dann wünsche ich dir einen tollen Tag. Es hat mich sehr gefreut, dich zu treffen.«

Ich antworte leise: »Mich auch!«

Dann hebt er lächelnd die Hand und sagt: »Dann vielleicht bis morgen.«

Ich sage: »Ja, bis morgen.«

»Das wäre schön. Salut Charlotte.«

»Salut Maximilian.«

Ich winke schnell zurück, laufe dann eilig die Straße hinunter und biege in die nächstbeste kleine Gasse ein.

Dort lasse ich mich in einen Hauseingang fallen, lehne mich völlig verschwitzt an die kalte Hauswand und wähle hektisch Bonnies Nummer. Sie nimmt sofort ab.

»Und war er da?«, ruft sie ins Telefon.

»Ja, das war er«, schnaufe ich ins Telefon.

»Oh, wie toll«, ruft Bonnie.

»Aber ich glaube, ich habe es etwas verdorben.«

»Warum, was ist passiert? Erzähle mir bitte sofort alles en detail«, sagt Bonnie aufgeregt.

Ich berichte ihr jeden einzelnen Moment und alles, was wir gesprochen haben.

»Also ich finde nicht, dass es falsch war, nicht zu ihm ins Auto zu steigen. Du kennst ihn ja gar nicht und vielleicht ist er am Ende doch nur ein raffinierter filou, das weißt du ja gar nicht. Also ich finde, du hast alles richtig gemacht. Und es ist doch schön, dass er gesagt hat, dass er sich freut, dich morgen wiederzusehen. Er wird sich sicher etwas einfallen lassen. Darauf wette ich, dass er sich etwas überlegt. Und es ist bewiesen, dass er dich sehen wollte, denn er hat gesagt, er war zu spät und hat deshalb das Auto genommen.

Er wollte pünktlich sein. Charlie, ich bin begeistert. Und jetzt komm zurück und wir sprechen später am

Strand weiter. Bis dahin denke ich über alles nach. Es ist alles wundervoll.«

»O. K. Bonnie, bis gleich.«

Ich lege restlos erschöpft auf und bleibe sitzen. Was für eine Aufregung am frühen Morgen. Aber jede Sekunde war es wert. Er war da. Wir haben geredet. Und er möchte mich wiedersehen. Und ihm gefallen meine Bilder. Immer und immer wieder lasse ich jedes einzelne Wort unseres Gesprächs Revue passieren. Morgen werde ich ihn wiedertreffen.

Meine Anspannung ist weg und ich fühle mich wunderbar leicht. Ich nehme meinen Korb und gehe lächelnd zurück zur Anlage. Was bin ich froh, dass ich da war. Ich habe es gewagt, ich habe mich überwunden und es ist gut geworden. Und – mein Bauchgefühl hatte Recht.

Claire steht schon am Gartentor.

»Mama telefoniert gerade mit Papa«, lächelt sie mich an. »Na, das ist ja toll«, lache ich und streiche ihr über die Haare. »Wo ist denn mein liebster Sohn?«, frage ich sie.

»Warum liebster Sohn, es gibt doch nur Clemens«, grinst sie.

»Schlaues Mädchen, genau deshalb«, zwinkere ich ihr zu.

»Ach so, er ist oben im Bad.«

»Ach Charlie, da bist du ja«, lacht Bonnie und gibt das Telefon an Claire weiter. »Papa will dich noch kurz sprechen.« Claire nimmt das Telefon und setzt sich auf die Terrasse.

»Und Charlie, wie war es heute beim Bäcker?« Bonnie blinzelt mir zu.

»Prima. Ich habe die beste Quiche der Region dabei. Voilá, hier ist die ganze Ausbeute.«

Claire kommt wenig später zurück und gibt Bonnie das Handy.

»Na, das ging ja schnell, ist alles in Ordnung?«

»Ja, bei Papa ist alles gut«, antwortet Claire.

Clemens kommt herunter und ich nehme ihn in den Arm. »Mein kleines C.«

Er drückt mich. »Mein großes C.«

»Kleines C und großes C. Kleines C und großes B, drei C, ein B«, jauchzt Claire begeistert.

Kurze Zeit später sitzen wir im mit Strandtaschen vollgepackten Auto und fahren über das beschauliche Dörfchen La Mole Richtung Bormes-les-Mimosas.

»Charlie, erinnerst du dich noch an unseren letzten Abend damals hier in der alten Tankstelle?«

»Na klar, das war unglaublich köstlich und ein wirklich unvergessener Abend. Mit Königs am Nebentisch. Das war ein grandioser Ferienabschluss. Irgendwann müssen wir beide da noch einmal hin.«

Bonnie lacht. »Mon dieu, ja, das ist mir noch immer so peinlich. Aber ich war mir so sicher, als die beiden am Nebentisch Platz nahmen und zu uns herüberlächelten, dass ich sie aus München kenne.

Und hättest du mich nicht im letzten Moment davon abgehalten, wäre ich tatsächlich zu ihnen gegangen, nur um sie zu fragen, wo wir uns denn das letzte Mal begegnet sind. Die Welt ist so klein, wollte ich schon sagen, und sie mögen mir mal kurz auf die Sprünge helfen. Stell dir bitte mal vor, ich hätte das wirklich gemacht!«

»Ja, ich weiß noch«, lache ich, »ich dachte, dass du nun völlig übergeschnappt bist, weil du ihnen erst zugewunken und dann auch noch mit einem Zwinkern zugeprostet hast. Aber dein Gesicht war herrlich, als ich dir sagte, dass du sie sicher nicht aus München kennst, sondern es die beiden Prinzessinnen aus der Zeitschrift sind, die ich dir mitgebracht hatte. Eigentlich wäre es sensationell gewesen, wenn du eine Konversation gestartet hättest, dann wären die beiden Bodyguards am Nebentisch sicher umgehend aufgesprungen und das Chaos wäre perfekt gewesen«, füge ich hinzu.

Bonnie lacht. »Ja, das wäre es gewesen, aber immerhin haben sie freundlich genickt. Gut erzogen eben!«

Und dreht sich nach hinten um. »Kinder, gute Erziehung ist das A und O. Und Charlie, ja, wir sollten beim nächsten Mal dort wieder ein Abendessen einplanen. Wer weiß, wen wir dann sehen, und vielleicht ist das ja schneller, als wir denken.«

Sie grinst mich an und boxt mich in die Seite.

Es war der letzte Abend meines ersten Urlaubs hier in Grimaud, der Mädchensalon war geboren und Bonnie lud mich zur Feier des Tages in dieses kleine Restaurant ein. Im wahrsten Sinne des Wortes war dieser Abend nicht nur kulinarisch ein krönender Abschluss unserer damaligen Reise. Ich schaue lächelnd aus dem Fenster. Überhaupt lächele ich ununterbrochen.

Clemens fragt von hinten, ob wir schon bald wieder hierherkommen. Bonnie antwortet umgehend: »Clemens, du weißt, ihr seid immer willkommen.«

Clemens beugt sich zu mir und sagt. »Dann lass und bitte in den nächsten Ferien nochmal hierherfahren.«
»Oh ja«, ruft Claire begeistert.

»Jetzt sind wir ja erstmal noch morgen da und dann schauen wir weiter«, antworte ich.

»Bitte Mama«, ruft Clemens.

»Eins nach dem anderen. Wir werden sehen«, beende ich die Diskussion.

Die Route du Dome führt kilometerlang durch ein wildes, dichtbewaldetes Naturschutzgebiet, gesäumt von bunt blühenden Feldern, alten Steinhäuser mit Gemüseäckern, hier und dort ein hôtel de campagne. Eine zauberhafte Strecke voll ursprünglicher Schönheit, denke ich, während ich die Landschaft betrachte. Wie schade, dass wir übermorgen schon wieder abreisen.

Selbst wenn ich Maximilian noch einmal sehe, so bleibt keine Zeit, ihn wirklich kennenzulernen. Aber vielleicht ist das auch gerade gut so. Es wäre zumindest ein Anfang und dann sieht man weiter. Und trotzdem würde ich gerne so viel mehr über ihn wissen.

Wir passieren Bormes-les-Mimosas und fahren hinunter zur Küste. Die Strände haben wir vor zwei Jahren entdeckt. Plage L'Estagnol, Plage Leoube und Plage Pellegrin, alles wilde kleine Naturbuchten, die idyllisch inmitten von Pinienhainen und grünbewachsenen Felsen liegen. Eine kleine Straße entlang der Küste führt uns Richtung Meer. Links und rechts stehen Olivenbäume und Weinreben dicht an dicht, darin eingebettet ein paar der prächtigsten und schönsten Weingüter, die ich je gesehen habe.

Wir biegen zum Plage L'Estagnol ab und parken im schattigen Waldstück vor der Küste. Von dort laufen wir barfuß über kleine, von der Sonne gewärmte Holzplanken hinunter zum Strand. Vor uns liegt die wirklich bilderbuchschöne Bucht, mit glasklarem, azurblauem Wasser so weit das Auge reicht und hellem flach abfallendem Sandstrand. Im Schatten einer großen Pinie finden wir ein schönes Plätzchen, an dem wir uns niederlassen. Die Kinder laufen sofort ins Wasser.

»Die sind wir jetzt erst einmal los«, grinst Bonnie. Wir legen uns auf unsere Tücher. »Jetzt erzähl mir mal genau, wie er ausgesehen hat«, sagt Bonnie und lächelt mich an.

»Richtig gut«, antworte ich.

»Etwas genauer bitte«, kichert Bonnie.

»Was willst du wissen?«, frage ich.

»Einfach alles«, antwortet sie.

»Also gut. Er ist ungefähr 1,85 Meter groß, schlank, aber nicht zu dünn, er hat schöne große, dunkelbraune Augen, einen gepflegten Dreitagebart und weiche, leicht nach hinten gelockte Haare. Und er hat hübsche, gerade Zähne und wie ich finde eine jungenhafte Ausstrahlung. Also das Gesicht ist so wie auf dem Foto«, antworte ich lächelnd.

»Zeig mir noch einmal bitte das Foto«, sagt Bonnie und setzt sich auf.

Ich nehme mein Handy aus der Tasche und wir beugen uns über das Bild.

»Er war wirklich nett. Und er hat eine ganz ruhige, angenehme Art, finde ich.«

176

»Also du meinst, dass er keine Leichen im Keller hat«, führt Bonnie aus und schaut mich an.

»Nein, das glaube ich nicht. Ich habe mich im Nachhinein auch ganz wohl an seiner Seite gefühlt. Ich kann mir beim besten Willen nicht vorstellen, dass ich mich da täusche.«

Bonnie lehnt sich wieder zurück und stützt sich auf ihre Ellenbogen.

»Was hat er angehabt?«

»Eine beige kurze Hose, ein dunkelblaues V-T-Shirt und weiße Sneaker.«

»Gut, damit ist er auf Nummer sicher gegangen. Sportlich schick.«

»Ja, das sah an ihm gut aus«, betätige ich Bonnies Einschätzung.

»Also dich hat es schwer erwischt, Charlie.« Ich winke ab, aber Bonnie schüttelt den Kopf und hebt den Zeigefinger. »Ma chére. Wenn es alles so ist, wie du denkst, dann könnte daraus eine richtig schöne Amour werden. Wahnsinn, wer hätte gedacht, dass so etwas hier passiert, Charlie!«

»Vielleicht. Mal sehen. Ich will mir jetzt gar nicht so viele Gedanken machen, was wäre wenn, dann ist es nur wieder alles verkrampft. Wir werden sehen, was morgen passiert.«

Bonnie schaut mich an. »Ich bin so gespannt, ob er morgen dann vielleicht noch mit dir einen Kaffee trinken geht. Ins Auto wird er dich aber sicher nicht mehr bitten«, lacht Bonnie.

»Nein, das glaube ich auch nicht«, pflichte ich ihr bei.

»Ich schlage vor, dass ich morgen mit den Kindern nach La Garde-Freinet hochfahre und mir mal den Metzger anschaue, den er so wärmstens empfohlen hat. Dann gehen wir dort noch ein Eis essen und du hast bis mittags Ruhe. Ich werde einfach sagen, dass du noch ein paar Geschenke besorgen bist und wir uns später alle im Haus wiedertreffen. Was meinst du?«

»Ach Bonnie, das ist ein fabelhafter Plan. Dann hätte ich etwas Zeit, sofern es zum Wiedersehen kommt.«

»Natürlich wird es das, das hat er ja gesagt. Ihr habt ein Rendevouz à la boulangerie, das ist einzigartig. Das habe ich zuvor auch noch nie gehört. Ab sofort lautet mein Tipp für alle einsamen Herzen: Sucht ihr einen Partner, geht unbedingt zum Bäcker.« Wir müssen laut lachen.

»Was willst du eigentlich zu diesem wichtigen Anlass anziehen, Charlie?«

»Ich überlege schon die ganze Zeit. Vielleicht das hellblaue Hemdblusenkleid mit der weißen Blumenstickerei. Was meinst du, Bonnie?«

»Ja, das passt gut. Das sieht schick aus. Und dann bindest du dir noch deinen schmalen braunen Gürtel lässig in der Taille. Und dazu trägst du die braunen Sandalen.«

»Ja perfekt, so mache ich das. Und Bonnie, ich danke dir. Ganz ehrlich, ohne dich wäre ich heute Morgen sicher nicht hingegangen. Aber das Schönste ist, dass du es mir gönnst, und dieses Wohlwollen von dir ist für mich einfach keine Selbstverständlichkeit.«

»Alles gut, Charlie. Ich freue mich für dich und dass ich teilhaben darf. Ich wünsche dir wirklich, dass sich daraus mehr entwickelt. Außerdem würde ich dich dann vielleicht öfter sehen. Denn München oder Grimaud würde uns wieder näher zusammenbringen.«

Sie lächelt mich an. »Und ich habe für mich auch einiges mitgenommen, denn ich möchte einfach mein Leben wieder mehr romantisieren.«

Ich lege den Arm um ihre Schulter. »Das wirst du. Mathis ist ein toller Mensch und war immer an deiner Seite. Er ist ja auch der erste Mann, bei dem du nicht davongelaufen bist.«

Bonnie nickt schweigend. »Ja, das stimmt.« Nachdenklich blickt sie mich an. »Ich finde es unglaublich schade, dass ihr übermorgen wieder abreist. Es war so schön mit dir, so wie früher.«

»Ja, ich bin auch traurig, Bonnie, und das nicht wegen Maximilian. Mit dir zusammen ist alles immer so einfach.« Ich drücke ihr einen Kuss auf die Backe.

»Wann willst du abfahren?«

»Ich denke, ich fahre um sechs Uhr los. Dann sind wir nicht ganz spät zu Hause und können noch etwas ankommen.«

Bonnie seufzt. »Ich hasse diese Abschiede.«

Schweigend sitzen wir nebeneinander. Unsere Stimmung hellt sich schließlich bei der Betrachtung zweier älterer Paare wieder auf.

Bonnie flüstert mir zu: »Siehst du die beiden Damen da. Ich beobachte das schon die ganze Zeit. Die Mesdames liegen lang ausgestreckt auf ihrer Liege und die Männer sitzen auf Handtüchern zu ihren Füßen. Außerdem sind die Männer dauernd im Einsatz. Erst haben sie die Rücken und Beine eingecremt, dann haben sie Getränke besorgt und jetzt tragen sie die Luftmatratzen ins Wasser. Ob sie wohl als Nächstes die Frauen auch noch ins Wasser tragen?«

»Nein, das machen sie gerade noch selbst«, lache ich.

»Aber Charlie, schau, jetzt liegen die beiden auf den Matratzen und die Männer schieben sie tatsächlich auch noch durchs Wasser. Einmalig. Die krümmen keinen einzigen Finger. Das ist schon fast devot, findest du nicht«, ruft Bonnie.

»Meinst du, das ist bei denen jeden Tag so, Charlie?«

»Keine Ahnung, das wäre für die Männer dann ziemlich anstrengend.« Wir kichern bei dieser Vorstellung.

»Ist ja auch egal, aber auf jeden Fall vergöttern sie ihre Frauen«, ergänze ich belustigt.

»So, die Truppe ist auf jeden Fall glücklich. Ich werde mich nun etwas bräunen und danach gehe ich baden«, meint Bonnie und legt ihr Tuch in die Sonne.

»Mach ruhig, ich behalte die Kinder im Blick«, antworte ich. Clemens und Claire bauen am Wasser eifrig Burgen.

Ich denke an Frau Anni und Frau Nita und ob sie wohl jemals von ihren Männern so verwöhnt wurden. Ich kann es mir fast nicht vorstellen. Zwei Ehen, die so jung mit dem Wert geschlossen wurden, dass man zusammenbleibt, egal was kommt. Wie viel Romantik und Leichtigkeit bleiben dabei über die Jahre übrig?, frage ich mich. Mit ihrem Fleiß und ihrer Sparsamkeit haben sie viel erreicht. Die Häuser sind bezahlt, die Kinder versorgt und die ganze Familie hält eng zusammen. Zwei bescheiden geführte Leben, die bei allen Entscheidungen immer die finanzielle Notwendigkeit im Blick hielten. Sie konnten nicht die ganz großen Träume leben und viel von der Welt sehen. Einmal im Jahr eine kleine Reise, am Sonntag ein Essen, das noch Sonntagsessen ist, und ab und zu eine Tanzveranstaltung.

Auch wenn ich denke, dass sie unter anderen Umständen ein ganz anderes Leben hätten führen können, so bin ich mir sicher, dass sie ihre Rolle nie hinterfragt haben. Denn wenn ich sie manchmal still an unseren Salonabenden beobachte, dann denke ich bei mir, dass sie gerade in ihrer Bescheidenheit womöglich zufriedener sind, als wir alle zusammen. »Eine Blume überlegt sich nicht, ob sie mit der Blume neben ihr mithalten kann, sie blüht einfach«, sagte einmal Anni zu mir, eine große burschikose Person mit braunem Pagenkopf und strahlend grünen Augen hinter der schlichten grauen Brille. Ihre Freundin Nita dagegen klein, feminin, mit goldblond gefärbten kurzen Locken, graublauen Augen mit langen vollen Wimpern, einer zierlichen Stupsnase und unzähligen Lachfalten im Gesicht.

Hier ist Familie noch Familie und alle wohnen in der Nähe. Sie sind nie alleine oder einsam. Zwei fröhliche, liebenswerte Frauen, geerdet in ihrem Leben, die ich immer wieder auf Flohmärkten sah, wo sie Handarbeiten verkauften. Sie haben nie ein Hehl daraus gemacht, dass sie so nebenbei ihre kleine Rente aufbessern. Und mir hat es immer leidgetan, wie viel Arbeit in den Handarbeiten steckt und wie wenig, dafür bezahlt wird. Eines Tages habe ich sie gefragt, ob sie nicht im Mädchensalon Kurse geben möchten. Das war eine meiner besten Entscheidungen überhaupt. Es brauchte tatsächlich etwas Überzeugungsarbeit, aber vor allem durch die Unterstützung von Julia verschwand schnell ihre Unsicherheit.

Und heute sind ihre Koch-, Handarbeits- und Backkurse so beliebt, dass sie manchmal nicht alle Anmeldungen annehmen können. Es ist schön zu sehen, wie ihre Kreationen immer kreativer und mutiger werden.

»Wir gehen mit der Zeit und machen das, was unsere Kunden wünschen, und wenn das Naked Cakes sind, dann backen wir eben nackte Kuchen ohne Rand«, wie sie letztens lachend im Salon verkündeten. Trotz des Erfolgs sind beide immer noch genauso geerdet wie ganz am Anfang und das tut unserm kleinen Kreis sehr gut. Ich fühle mich mit beiden innig verbunden. Clemens und ich sind gelegentlich bei ihren Familienfesten eingeladen und ich bin sehr dankbar, dass ich ab und zu an ihrem Leben teilhaben darf.

Nachdenklich blicke ich hinüber zu den beiden Paaren. Ja, ich denke, dass ihre Männer ganz genau wissen, was sie an Anni und Nita haben und dass es ohne ihr bewusstes Zurücknehmen niemals diesen Zusammenhalt, die Wärme und Innigkeit innerhalb ihrer Familien geben würde. Und das ist doch eine beachtliche Leistung im Leben, denke ich. So möchte ich das gerne auch mit Clemens schaffen. Somit hätten sie es auf jeden Fall verdient, auf Luftmatratzen durchs Meer geschoben zu werden. Bei dieser Vorstellung muss ich schmunzeln.

»Zeit für eine Abkühlung«, sage ich zu Bonnie und laufe ans Wasser. Clemens und Claire schnorcheln um mich herum. Einige Yachten verlassen die Bucht und produzieren schöne Wellen. Wir schwimmen mit den Wellen und lassen uns bis an den Strand spülen und lachen Tränen, wenn uns durch den Sog der Wellen, die Badehosen heruntergezogen werden. Nach gefühlt hundert Wellen setze ich mich in das seichte Wasser, verschnaufe und sortiere glücklich die Muscheln, die angespült werden.

Ich wische mir die Haare aus der Stirn und während ich meine Hand betrachte, durchzuckt mich ein Riesenschreck. Ich schaue entsetzt mein Handgelenk an. Das Armband fehlt. Gerade war es noch da, denke ich. Ich habe es doch beim Schwimmen noch am Armgelenk gehabt. Jetzt ist es weg. Ich springe hektisch auf und laufe am Ufer auf und ab. Hier liegt es nicht.

186

Ich rufe Clemens und Claire und mir steigen Tränen in die Augen. »Mein Armband ist weg, bitte sucht mit!« Claire reicht mir ihre Taucherbrille und gemeinsam mit Clemens schnorchele ich das seichte Wasser ab. Wir finden nichts, noch nicht einmal eine Perle. Mein Glücksarmband. Mein Schutz. Meine Verbindung zu Carl. Es ist einfach weg. Bonnie kommt hinzu. Gemeinsam suchen wir den langen Strand ab. Ich schwimme noch einmal das Ufer ab. Nichts. Ich setze mich ans Wasser und ich schluchze laut. Es tut einfach weh. Wie konnte ich es nur verlieren. Alle setzen sich zu mir. Clemens umarmt mich von hinten. Bonnie streichelt meinen Arm und Claire meine Füße. Noch einmal laufen wir den Strand ab und suchen unter jedem Stückchen Holz. Es ist hoffnungslos. Das Armband bleibt spurlos verschwunden.

Während wir langsam zurück zum Platz laufen, sagt Bonnie leise und zaghaft: »Also Charlie, du weißt, ich bin überhaupt nicht abergläubig, aber vielleicht ist das ein Zeichen. Es ist doch komisch, dass es all die Jahre gehalten hat, und jetzt, wo du vielleicht jemand kennenlernst, der wichtig werden könnte, verlierst du das Band. Vielleicht bist du erstmalig bereit loszulassen. Denk mal darüber nach. Ich hole jetzt erstmal mit den Kindern ein Eis für uns alle. Süßes hilft immer gegen Schmerz!«

Ich sitze traurig auf meinem Tuch. Mein Arm ist nackt. Das Band fehlt sehr. Aber Bonnies Worte hallen bei mir nach. Vielleicht hat sie ja Recht und es ist ein Zeichen, endgültig nach vorne zu schauen und die Vergangenheit ruhen zu lassen. Clemens bringt mir ein Eis, umarmt mich und sagt: »Nicht traurig sein wegen dem Armband, Mama. Wir besorgen einfach ein neues.« Ich lächele und drücke ihn fest an mich. Was für ein Glück, dass du mich ausgesucht hast. Was wäre mir ohne dich entgangen. Mon petit amour.

Wir bleiben noch eine ganze Weile am Strand, dösen in der Sonne, lauschen den Wellen und genießen den traumhaften Blick hinaus aufs Meer. Immerhin ein wirklich schöner Ort, um vielleicht endgültig Abschied zu nehmen, denke ich. Am späten Nachmittag packen wir zusammen und besorgen auf den umliegenden Weingütern Olivenöl und Lavendelseifen für Anni und Nita und Wein für uns und den Salon. Braungebrannt, müde und hungrig fahren wir in der Abendstimmung zurück nach Grimaud. Der Wind weht beruhigend sanft und warm. Es wäre schön, wenn er Gutes heranwehen könnte, sage ich zu mir selbst.

Im Häuschen bereiten wir den Salat mit den Quiches vor. Das Foto für meinen heutigen Beitrag habe ich bis jetzt aufgespart und poste es nun mit dem Hashtag »formidable« und zwei Gläsern Rosé.

Tatsächlich schmeckt die Quiche ausgezeichnet. Ein guter Tipp, findet auch Bonnie. Die Kinder sind erschlagen und wollen freiwillig direkt ins Bett. Bonnie möchte noch lesen.

Ich gehe in mein Zimmer und lege mir sorgfältig meine Kleider für morgen zurecht. Bonnie kommt herein.

»Charlie, ich stehe morgen mit dir auf. Wir machen alles so wie geplant. Hat er auf das Bild geantwortet?«

Ich schaue nach und sage lächelnd: »Ja, er hat daruntergeschrieben: ›Parfait. Bon appétit!‹«

»Wunderbar. Das wird gut morgen, ich bin mir sicher, Charlie. Gute Nacht und träume was Schönes.«

»Danke Bonnie, danke einfach für alles. Et bonne nuit.«

Bonnie wirft mir ein Lächeln zu und geht hinüber in ihr Schlafzimmer.

Im Bett liegend rufe ich Cleo an. Wir sind über unsere Verluste in den letzten Jahren sehr eng zusammen gewachsen. Der Mädchensalon hat letztlich auch Cleo gerettet, denn er hat ihr ihre Literaturabende zurückgegeben und dabei ist sie wieder richtig aufgeblüht. Ich bin froh, dass sie wieder ganz die Alte ist.

Im Schnelldurchlauf erzähle ich ihr von Maximilian und wie ich ihn kennengelernt habe. »Was meinst du, Mama?«

190

Cleo antwortet genauso wie ich sie kenne. »Charlotte, ich würde es genauso machen. Hingehen. Anschauen. Und dann sieht man weiter. Aber ich würde unbedingt morgen hingehen. Du kannst mich ja dann mal anrufen, wie es war. Ich denke an dich morgen früh.«

»Ja, das mache ich.«

»Tschüss Charlöttchen. Mach dir bloß nicht zu viele Gedanken. Lass es einfach auf dich zukommen. Es kommt, wie es kommt.«

»Das mache ich. Gute Nacht, Mama.« Ich lege auf.

Ich bin aufgeregt, aber ich freue mich auf morgen. Ich lasse mich in die Kissen sinken und schlafe erschöpft ein.

Maximilian

»Es ist, wie es ist.

Aber es wird, was du daraus machst.«

Mein Wecker klingelt pünktlich. Ich habe gut geschlafen und fühle mich ausgeruht. Schnell nehme ich eine Dusche, schminke mich etwas und kämme mir die Haare, um sie dann in einen lockeren Knoten hochzubinden. Mir geht es heute wesentlich besser als gestern.

Ich bin aufgeregt vor dem, was mich gleich erwartet, aber ich habe ein gutes Gefühl. Das Handtuch fest um den Körper geschlungen, laufe ich leise zurück zum Zimmer. Auf halbem Weg höre ich lautes Geschirrgeklapper in der Küche. Ich steige die Treppe hinunter und stelle überrascht fest, dass Claire eifrig den Frühstückstisch deckt.

»Claire, was machst du denn hier?«, frage ich.

»Eine Überraschung«, antwortet sie, während sie die Servietten auf dem Tisch verteilt.

»Aber es ist doch noch ganz früh, geh doch noch ein bisschen schlafen«, versuche ich sie zu überzeugen.

»Nein, ich mache den Frühstückstisch jetzt, ich gehe nicht mehr schlafen!«, antwortet sie bestimmt.

Ich schaue sie verwundert an und steige eilig nach oben, um mich fertig zu machen. Warum muss das jetzt gerade sein, sage ich zu mir selbst. Sie macht ordentlich Lärm da unten. Hoffentlich wird Clemens nicht wach. Als ich gerade mein Kleid übergezogen habe, höre ich, wie Claire Clemens nebenan weckt.

Ich eile hinzu. »Claire, lass ihn doch bitte schlafen«, sage ich nun merklich verärgert und schaue auf die Uhr. In 20 Minuten muss ich weg, denke ich. Bonnie ist nun auch wach und kommt aus ihrem Zimmer.

»Was ist denn hier los?«, ruft sie.

Claire lacht laut. »Das wird nicht verraten, es ist ein Geheimnis, ein Geheimnis.«

»Was für ein Geheimnis?« Ich schaue Bonnie fragend an. »Ein Geheimnis, das wird nicht verraten«, kontert sie frech.

Clemens steigt aus dem Bett und ich sage schnell zu ihm: »Du kannst ruhig liegen bleiben.«

Aber Claire antwortet: »Nein, er soll mir dabei helfen den Tisch zu decken.«

Ich schaue auf die Uhr. Noch 15 Minuten, bis ich gehen muss. Bonnie läuft hinunter und versucht Claire zu bewegen, wieder nach oben ins Bett zu gehen. Aber Claire ist nicht davon abzubringen, weiter den Tisch zu decken. Clemens will nun auch nicht mehr liegen bleiben und geht ebenfalls nach unten. Ich sitze auf meinem Bett und überlege verzweifelt, wie ich hier gleich wegkommen soll. Bonnie kommt nach oben und setzt sich zu mir.

»Keine Ahnung was hier gerade los ist. Du gehst jetzt einfach und ich regele das schon mit den Kindern. Ich mache das. Lass dir Zeit, genauso wie wir es besprochen haben.«

»Ist das wirklich okay für dich, Bonnie?«, ich blicke sie fragend an.

»Charlie, mach dir keine Gedanken, ich kümmere mich um den Wahnsinn hier. Ich weiß nicht, was in Claire gefahren ist, aber ich regele das. Und jetzt los. Du meldest dich später bei mir, ich drücke dir die Daumen. Du siehst auf jeden Fall super aus.«

»Danke Bonnie, so mache ich das.«

Als wir beide die Treppe nach unten steigen, geht plötzlich die Haustüre auf und Mathis steht im Eingang. »Papa«, ruft Claire und wirft sich in seine Arme »Das ist mein Geheimnis«, jubelt sie laut. »Ich habe es nicht verraten, Papa.«

Bonnie und ich stehen wie versteinert auf der Treppe.

»Ich kann jetzt nicht einfach gehen, Bonnie«, flüstere ich.

»Doch, genau das machst du, ich kläre das!«

Bonnie eilt hinunter und umarmt Mathis, Clemens kommt dazu. »Clemens, mon ami« ruft Mathis, während er ihn an sich drückt.

Bonnie winkt mir aufgeregt zu und deutet mir an vorbeizugehen. Ich begrüße Mathis schnell und sage, dass ich kurz wegmuss, aber bald wiederkomme.

»Salut Charlie, wo willst du jetzt um diese Zeit hin?« Ich stammele hastig: »Zum Bäcker.« Aber Mathis lacht nur und sagt: »Nein, das brauchst du nicht. Ich habe doch alles dabei.« Und schwenkt stolz eine große Brötchentüte.

Bonnie ruft hektisch dazwischen »Nein, sie muss wirklich gehen, sie muss eine Bestellung abholen, das ist schon in Ordnung«, und winkt mich hinaus.

Im Vorgarten läuft Clemens hinter mir her und sagt, dass ich doch jetzt nicht einfach weggehen kann, wo Mathis gerade gekommen ist. Ich streiche ihm über seinen Kopf und sage: »Doch, ich muss nur kurz hoch in den Ort.«

»O. K., dann komme ich mit«, fügt Clemens hinzu.

Worauf Bonnie sagt: »Nein Clemens, du bleibst hier bei uns!«

Aber Clemens schüttelt trotzig den Kopf. »Nein, ich gehe mit Mama mit!«

Das Chaos ist nun perfekt. Ich gebe auf. Das kann so alles nicht funktionieren, denke ich. Ich komme hier nicht weg. Und ich kann unmöglich mit Clemens zusammen gehen. In zehn Minuten ist der Termin – alles ist futsch. Ich bin völlig geschockt und könnte direkt losweinen.

Mathis sieht uns irritiert an. »Macht doch nicht so einen Stress. Lasst uns jetzt doch erstmal in Ruhe frühstücken. Wir holen das einfach später ab. Das macht doch nichts.« Dann schaut er strahlend in die Runde: »Und, ist mir die Überraschung gelungen? Damit habt ihr nicht gerechnet.« Und nimmt lachend Bonnie in den Arm: »Ma chère, hier bin ich. Ich habe mir die Zeit losgeeist. Und ich bleibe die ganze nächste Woche bei euch. Was meinst du? Freust du dich?«, und drückt ihr einen festen Kuss auf die Wange.

»Ich freue mich«, ruft Claire.

»Ich mich natürlich auch, das ist ganz toll von dir«, antwortet Bonnie, und Clemens sagt, dass er es schön findet, dass er da ist. Ich nicke schweigend. Ich freue mich für alle, ansonsten freue ich mich gerade gar nicht mehr.

Clemens drückt mich an sich und sagt, dass ich mir keine Sorgen machen muss wegen dem Frühstück, weil Mathis doch alles mitgebracht hat. »Du hast Recht«, seufze ich. Wir setzen uns an den Tisch und ich nehme mir ein Croissant. Bonnie schaut zu mir herüber. Ich weiß, dass ihr das alles unangenehm ist. Aber das nützt mir nun auch nichts. An sich ist es ja eine wirklich tolle Idee von Mathis, nur warum musste das ausgerechnet zu dieser Zeit sein, frage ich mich immer wieder. Aber das ist wohl Schicksal.

Ich bekomme keinen Bissen herunter. Die Tränen der Wut schießen mir in die Augen. Ich murmele, dass ich kurz mal hochgehe. Im Badezimmer weine ich leise vor mich hin. Bonnie klopft. Ich lasse sie rein. »Charlie, das tut mir so leid. Was für ein beschissenes Timing. Ich fühle mit dir. Das ist so unglücklich gelaufen, unglücklicher hätte es gar nicht kommen können. Merde, merde! Wir überlegen nachher eine Lösung. Wenn wir mit dem Frühstück fertig sind, schicken wir die Kinder an den Pool und reden dann mit Mathis. Dann überlegen wir gemeinsam, was wir tun können. In Ordnung?«

»Ja Bonnie, es hätte so schön sein können. Es war für mich so eine Überwindung, überhaupt gestern da hinzugehen. Und ich hatte mich wirklich auf heute gefreut. Und nun war alles umsonst«, ich wische mir die Tränen aus den Augen.

»Das stimmt nicht. Er war sicher da und du hast ein richtiges Bauchgefühl gehabt. Du hast dich nicht getäuscht.«

»Ja, er war da und ich nicht. Das zeigt ihm, dass es mir nicht wichtig ist«, füge ich hinzu.

»Das mag sein, dass das nun den Anschein für ihn hat, aber das werden wir korrigieren. Wir überlegen gleich, was wir tun werden. Versprochen!«

»Ja in Ordnung. Aber jetzt geh du wieder runter. Ich kühle noch kurz mein Gesicht und komme dann auch.«

Sie nickt und streicht mir über den Kopf.

»Bis gleich, Charlie. Wir finden eine Lösung. Bestimmt.«

Ich schaue in den Spiegel und versuche so gut es geht Ordnung in mein rotes und von Wimperntusche verschmiertes Gesicht zu bringen. Es hilft alles nichts. Jetzt müssen wir schauen, wie wir den Scherbenhaufen wieder repariert bekommen.

Als ich hinunterkomme, sind die Kinder gerade mit dem Frühstück fertig und bekommen von Bonnie den Auftrag, am Pool Liegen für uns alle zu reservieren. Claire möchte unbedingt, dass Mathis mitkommt. Doch bevor er aufstehen kann, ruft Bonnie mit scharfer Stimme: »Nein, er bleibt hier. Wir haben gerade noch etwas unter Erwachsenen zu besprechen. Er hat danach für dich Zeit.«

Weder Claire wagt, nun noch zu widersprechen, noch unternimmt Mathis weitere Anstalten, sich von seinem Stuhl zu erheben. Ich muss darüber innerlich schmunzeln, setze mich wieder an den Tisch und nehme einen großen Schluck Kaffee. Bonnie drückt Clemens und Claire einen Stapel Handtücher in den Arm und beide ziehen ohne Widerrede davon.

Umgehend kehrt Bonnie zum Tisch zurück und lässt sich auf ihren Stuhl fallen.

Mathis sieht uns an und sagt: »Könntet ihr mir mal bitte erklären, was hier eigentlich los ist?« Wir nicken und Bonnie erzählt ihm eilig, in welcher Bredouille ich mich aktuell befinde.

»Jetzt verstehe ich die ganze Hektik mit dem Bäcker. Wenn ich das gewusst hätte, hätte ich natürlich ganz anders reagiert. Das tut mir leid. Und ich habe genau noch in die Kerbe gehauen, weil ich die Brötchen dabeihatte. Das ist ganz schlecht gelaufen. Mensch, Charlie, das tut mir richtig leid. Aber ich konnte es ja auch nicht besser wissen. Und nun, was kann ich tun? Was wollt ihr jetzt machen?«

Bonnie sagt, dass sie gerne erstmal mit mir durch den Ort laufen möchte, in der Hoffnung, Maximilian vielleicht irgendwo zu sehen. Und wenn wir dabei kein Glück haben, müssen wir dann unbedingt in Ruhe eine Textnachricht überlegen. Somit fände sie es ganz toll, wenn er die Kinder bis mittags übernehmen könnte.

»Na, wenn das alles ist, womit ich helfen kann. Klar,

das mache ich. Ich bleibe mit ihnen am Pool und fahre einkaufen, dass wir heute Abend schön grillen können.«

»Ach Mathis, danke, dass du das machst. Deine Überraschung war trotzdem eine tolle Idee«, sage ich.

»Ja, das ist es«, lächelt Bonnie und nimmt Mathis in den Arm.

»Fein, dann werde ich mich mal auf den Weg zum Pool machen. Ihr seid frei. Nehmt euch die Zeit, die ihr braucht. Ich drücke dir fest die Daumen, Charlie!«

Bonnie sieht mich an. »Das ist doch gut so jetzt. Ich schlage vor, dass wir wirklich Straße für Straße ablaufen, und vielleicht haben wir ja tatsächlich Glück und er läuft uns über den Weg. Und wenn nicht, dann haben wir es zumindest versucht.« Ich nicke, auch wenn ich mir nicht vorstellen kann, dass wir mit diesem Plan Erfolg haben werden. Aber Bonnie hat Recht, zumindest haben wir dann etwas unternommen und nichts unversucht gelassen.

Straße für Straße und Gässchen für Gässchen laufen wir im Ort ab. Aber so wie erwartet, war das ein erfolgloses Unterfangen und Maximilian haben wir nicht gefunden. Es ist nun fast Mittag, wir setzen uns durstig unter den großen Sonnenschirm vor die kleine Bar beim Markt und bestellen frische Limonade.

»Also Charlie, der charmante Weg hat leider nicht geklappt. Wir haben wirklich alles abgesucht und haben in jede Ecke geschaut. Ich denke, du solltest ihm einfach eine Nachricht schicken.«

Ich nicke.

»Ja, ich muss jetzt irgendwie reagieren. Und es gibt ja sonst keine Variante, als ihm zu schreiben. Was soll deiner Meinung nach der Inhalt sein?«

»Am besten schreibst du ihm, dass du kommen wolltest, aber es nicht ging, weil es dem Kind schlecht ging, gerade als du gehen wolltest.«

Ich schüttele den Kopf. »Nein, Bonnie, das geht nicht, ich möchte Clemens da nicht mit reinziehen.«

»O. K., das kann ich verstehen, dann schreibst du ihm eben, dass es mir schlecht ging und du die Kinder nicht alleine lassen konntest.«

»Ach, das sind doch alles blöde Lügen, das finde ich überhaupt keine gute Idee«, antworte ich ungehalten.

»Ja, aber du willst ihm ja nun nicht wirklich das echte Chaos erklären, oder? Also ist diese Variante noch das kleinere Übel. Diese klitzekleine Unwahrheit wird uns sicher verziehen, Charlie. Und im Übrigen habe ich mich auch richtig schlecht gefühlt vorhin. Somit ist es also gar nicht gelogen.« Ich muss lächeln. Bonnie grinst und führt fort: »Du musst ihm aber dann auf jeden Fall noch schreiben, dass du morgen abreist und die Begegnung mit ihm sehr nett gefunden hast. Mehr muss es nicht sein. Und dann sollte er reagieren.«

Ich lege mein Handy vor mich auf den Tisch. »So, wie fange ich am besten an? Lieber Maximilian oder hallo Maximilian?«

Bonnie überlegt kurz. »Hallo Maximilian, das ist lockerer.«

»Gut – und dann?«, frage ich. Wir überlegen beide.

»Vielleicht, hallo Maximilian, ich hatte fest geplant, heute Morgen um 7.45 Uhr beim Bäcker zu sein. Leider ging es Bonnie so schlecht, dass ich nicht wegkonnte, da sonst die Kinder alleine gewesen wären.«

»Hm, Bonnie, ich finde, das hört sich kompliziert an.«

»O. K., dann schreibe: Hallo Maximilian, ich wäre sehr gerne heute Morgen zum Bäcker gekommen, leider ging es Bonnie so schlecht, dass ich sie mit den Kindern nicht alleine lassen konnte. Ich bin traurig, dass es nicht geklappt hat.«

»Ja, das ist besser so.«

»Jetzt muss noch rein, dass du morgen nicht mehr kommen kannst, weil du da schon weg bist!«

»Also Bonnie, ich schreibe jetzt: Hallo Maximilian, ich wäre sehr gerne heute Morgen zum Bäcker gekommen, leider ging es Bonnie so schlecht, dass ich sie mit den Kindern nicht alleine lassen konnte. Ich bin traurig, dass es nicht geklappt hat. Da wir morgen schon abreisen, möchte ich dich auf diesem Wege wissen lassen, dass es mich gefreut hat, dich getroffen zu haben. Viele Grüße Charlotte.«

»Das ist perfekt so, Charlie. Da steht alles drin. Wenn er es verstehen will, wird er es verstehen. Schicke es jetzt genau so ab. Ich würde nichts mehr daran verändern!«

Ich drücke auf den Versenden-Button und weg ist die Nachricht.

»Prost Charlie!« Bonnie hält mir ihr Glas hin.

»Prost Bonnie!«

Wir schauen uns an und müssen grinsen.

»Ich bin so gespannt, wie dieses Drama jetzt nun weitergeht«, sagt Bonnie.

»Und ich erst«, antworte ich.

Auf dem Rückweg gehen wir noch bei meinem Lieblingsplatz im Ort vorbei. Eine kleine Bank unter einer Platane, von der man den schönsten Blick weit und breit über die gesamte Küste hat. Wir haben Glück, sie ist frei und wir setzen uns nebeneinander unter den Baum.

»Ich liebe diesen Platz, Bonnie, hier gehe ich immer am letzten Tag hin und verabschiede mich von diesem wunderschönen Panorama, den Farben, den Gerüchen und diesem Ort.«

»Du kommst bestimmt bald wieder«, meint Bonnie und lächelt mir zu.

»Ich hoffe es«, antworte ich. »Weißt du, Julia sagte einmal zu mir, wer nicht verändern will, wird auch das verlieren, was er bewahren will. Und dieser Spruch passt ganz schön zu den vergangenen Tagen. Egal was kommt, ich habe mich in dieser Woche verändert. Und das ist gut so. Ich habe einen Schritt nach vorne gemacht. Und das war genau richtig. Es war einfach Zeit dafür.«

Bonnie nickt. »Ein schöner Spruch. Da ist sehr viel Wahres dran. Ich habe auch einen Schritt auf Mathis zugemacht. Und jetzt ist er hier.«

»Mathis ist ein feiner Mann. Und er liebt dich. Ihr seid ein schönes Paar und zwei tolle Menschen. Bewahrt euch das.« Ich schaue sie an und drücke ihre Hand.

Wir bleiben noch ein Weilchen still nebeneinander sitzen und gehen dann wieder zurück zum Häuschen. Zu meiner eigenen Ablenkung packe ich unsere Koffer und lege mich dann zu allen an den Pool. Doch ich kann mich nicht wirklich entspannen, denn das Einzige, an das ich denken kann, ist, ob und was er zurückschreiben wird. Keiner ist entspannt, alle warten mit mir auf eine Antwort. Aber sie kommt nicht.

Es tut mir inzwischen schon leid, dass das allgemeine Warten die Stimmung so getrübt hat, dass selbst das tolle Abschiedsmenü von Mathis mit gegrilltem Fisch, Gemüse und einer himmlischen Mousse au Chocolat mit frischen Früchten zum Nachtisch keine wirkliche Erheiterung gebracht hat.

Inzwischen ist es dunkel, die Kinder sind im Bett und Bonnie und ich sitzen auf dem Mäuerchen am Ende des

Gartens und trinken unser letztes Gläschen Rose. Dann endlich ist sie da – die langersehnte Antwort trifft ein. Bonnie flüstert aufgeregt: »Und, was schreibt er?« Ich öffne die Nachricht und lese sie ihr vor. »Liebe Charlotte, danke für deine Zeilen. Es wäre schön gewesen, wenn wir uns noch einmal gesehen hätten. Aber gerne ein anderes Mal. Einen schönen Abend und kommt gut nach Hause, viele Grüße Maximilian.«

Wir schweigen beide.

»Also sauer ist er wohl nicht. Er würde mich gerne noch einmal treffen, auch gut. Aber richtig viel kann man daraus nicht entnehmen, was meinst du, Bonnie?« »Ich finde, das hört sich doch ganz positiv an. Auf jeden Fall hätte er dich gerne noch einmal getroffen, das steht so da. Und nun muss man mal weitersehen, ob er sich wieder bei dir melden wird. Also es ist alles nach wie vor offen«, meint sie.

Auch Mathis, der inzwischen dazugekommen ist, bewertet es als positiv.

Aber ich glaube, dass er einfach nur froh ist, dass überhaupt eine Rückmeldung kam.

Für mich ist es eine neutrale, unverfängliche und schlichte Antwort. Sie ist nicht schlecht, aber auch nicht wirklich überraschend. Vielleicht ist es etwas mehr als neutral, aber dennoch weniger, als ich mir gewünscht hätte.

Auch um Mathis nicht in einem schlechten Gewissen zurückzulassen, pflichte ich beiden bei. Denn egal was irgendwann noch passiert oder auch nicht, ich hatte eine tolle Zeit hier, und das Wichtigste ist doch, dass ich Menschen um mich herum habe, die einfach für mich da sind. Das ist das größte Glück überhaupt.

Es ist alles besprochen. Ich stehe auf und lasse den beiden noch den restlichen Abend für sich. Das haben sie wirklich verdient.

Im Zimmer schreibe ich Cleo eine kurze Nachricht, dass es uns gut geht, aber alles anders kam als geplant und ich mich morgen Abend, wenn ich zu Hause bin, bei ihr melde.

Jetzt fahre ich erst einmal wieder zurück und dann wird man weitersehen, denke ich und schlafe ein.

Am Morgen stehen wir ganz früh auf. Alle sind wach. Mathis und Clemens tragen unsere Taschen nach unten. Abschied ist nie schön. Aber heute fühlt es sich irgendwie anders an, denn die Geschichte der letzten Woche ist noch nicht zu Ende erzählt und wird uns noch die nächsten Tage begleiten und eng zusammenhalten.

Ich trinke meinen Kaffee fertig und schaue Bonnie an.
»Es nützt alles nichts, wir fahren jetzt«, sage ich.
Bonnie drückt mir eine Provianttüte in die Hand. »Ja, das ist so schade. Aber wir bringen das Gepäck mit zum Auto und winken.«
Claire reist die Türe auf und läuft vorweg. Noch bevor wir nach draußen treten, ruft sie laut: »Seht mal. Hier

ist ein Paket.« Wir gehen hinaus. Tatsächlich steht hinter dem Gartentor eine kleine Kiste, vollgefüllt mit Essen. Mathis stellt sie auf den Tisch. »Für Charlotte steht darauf«, ruft Claire. »Und hier ist eine Karte, lies bitte vor.« Bonnie lacht begeistert und stößt mich an.

Ich nehme die Karte und lese sie laut vor: »Liebe Charlotte, Luc war so nett, mir eure Adresse zu geben. Ich wünsche euch eine gute Heimfahrt mit ein paar kulinarischen Highlights für unterwegs und zum Ankommen. Ich würde mich freuen, wenn wir die nächsten Tage einmal telefonieren. A bientôt. Maximilian.« Und daran hat er seine Visitenkarte befestigt.

Mein Herz hüpft. Was für eine schöne Idee, denke ich. Ich schaue lächelnd in die Runde.

»Wow, Charlie! Das ist eine tolle Überraschung. Woher weiß er, dass wir Luc kennen? Ah, er hat das Foto bei dir vom ersten Abend gesehen und ist dann gestern

212

extra ins Restaurant gegangen. Wahnsinn, und schau mal, was er alles eingepackt hat: Schokoladenkuchen, Brötchen, Wurst, Wein und Käse. Ach und für Clemens Orangina. Wie nett! Na, jetzt kannst du ja wirklich ganz beruhigt abfahren.« Ich nicke und lächele.

»Also, der Mann hat in jeder Hinsicht Geschmack«, grinst Mathis.
»Wer ist Maximilian?«, fragt Clemens.
»Das erzähle ich dir auf der Fahrt«, antworte ich.

Ich nehme die Kiste und wir gehen zum Auto.
Bonnie flüstert mir zu: »Charlie, das ist ja wie im Film. Wann rufst du ihn an?«
Ich lache.
»Morgen gehe ich in den Salon und danach werde ich mich bei ihm melden. Aber ich schreibe ihm heute noch.«
»Perfekt, so machst du das und dann rufst du mich bitte gleich an.«
»Klar Bonnie, auf jeden Fall!«

Wir umarmen uns alle. Dann steigen wir ins Auto. Ach Bonnie, was wäre das Leben ohne dich, denke ich.

»Habt eine schöne Zeit und danke für alles!«
»Grüße Cleo und die Mädchen von mir!«
»Das mache ich bestimmt!«, rufe ich.

Wir parken aus und zwinkern uns zu. Mathis nimmt Bonnie in den Arm. Claire läuft uns hinterher und wirft mit Kusshänden geradezu um sich und Clemens winkt ihr so lange, bis wir sie nicht mehr sehen.

Wir fahren langsam aus dem Ort hinaus und wie jedes Jahr sagen wir zusammen »Au revoir, et à bientot«. Ich denke: Au revoir wunderschönes Grimaud, du hast mir wieder Glück gebracht. Bis hoffentlich ganz bald.

Das Paket steht neben mir auf dem Beifahrersitz. Während ich fahre, schaue ich es lächelnd an. Eine so schöne Überraschung.

Clemens sagt von hinten: »Ich bin traurig, dass wir wegfahren. Es war toll bei Bonnie. Ich werde Claire vermissen.«

»Ja, das war es. Ich vermisse sie jetzt schon. Aber zu Hause ist es auch schön. Deine Freunde warten doch auf dich.«

»Ja, das stimmt und Oma auch.« Ich nicke.

Dann beugt er sich nach vorne und fragt: »Wer ist jetzt Maximilian?«

Ich atme tief ein und antworte sehr bedächtig und überlegt: »Maximilian habe ich beim Bäcker in Grimaud kennengelernt. Er hat uns die Quiche empfohlen. Viel mehr weiß ich noch gar nicht von ihm.«

Clemens lehnt sich zurück.

»Also, wer so ein schönes Paket für uns macht, der muss ein netter Mensch sein«, sagt er und legt sich sein Kissen an den Kopf und schläft ein.

Das denke ich auch.

Ich werde ihn anrufen.

Und ich freue mich auf alles, was kommt.

Der Mädchensalon

Unterschätze nie die Kraft deiner Träume!

Ich bin etwas zu spät, öffne leise das kleine Holzgartentor und stelle mein Fahrrad auf dem Kiesweg am Eingang ab. Die letzten Sonnenstrahlen streicheln warm den bunt blühenden Garten, in dessen Mitte das alte Gewächshaus ruhig und verträumt in der Abendstimmung liegt. Pinke Kletterrosen, rosa Wicken und weiße Glyzinien ranken an der alten gläsernen Fassade empor und umschmeicheln mit ihren herrlichen Blüten charmant das ovale Logo, das die Hauswand über dem Eingang ziert.

Die strahlend grüne Rasenfläche vor dem Haus, die Julia im Sommer für ihr Wiesen-Yoga nutzt, wird zur Straße von blühenden Stauden und Sträuchern und zum Haus von duftenden Lavendel, Rosmarin und einem Blütenmeer wilder Wiesenblumen gesäumt.

Ich lasse den Blick hinüber zur alten Eiche am Ende des Gartens schweifen. Unter ihrem üppigen Blätterdach, geschmückt mit weißen Lampions und Lichterketten, stehen in zarten Sorbetfarben zierliche Bistrotische. Im Sommer ist dies unser aller Lieblingsplatz und heiß begehrt bei Festen, den Literaturabenden von Cleo und Helens Malkursen. Rechts neben dem Glashaus liegen die liebevoll angelegten Hochbeete mit Kräutern und Gewürzen von Anni und Nita.

Was für ein verwunschener Ort, welch ein blühendes Paradies, das wir hier haben, denke ich und freue mich still über die wunderbaren Bilder, die sich mir bieten.

Die großen Glasfenster sind nach außen geklappt und von innen ertönt Stimmengewirr und lautes Lachen. Auf Zehenspitzen trete ich langsam heran und werfe einen verstohlenen Blick hinein. Der lange rustikale Holztisch ist über und über mit zauberhaft floralem Porzellan, bunten Karaffen und antiken Gläsern gedeckt. Dazwischen stehen frisch gepflückte Blumen, brennende Kerzen in feinen Windlichtern und hübsch angerichtete Speisen und Getränke. Die Kronleuchter bewegen sich sanft klingend in der Abendsonne und werfen funkelnde Schatten auf den Tisch, die weiße Küchenzeile und die beiden alten Anrichten im Raum. Grünpflanzen aus Hängeampeln ranken wild von der Decke hinunter, durchzogen von unzähligen Lichterketten. Alle sind da und haben sich am Tisch versammelt.

Anni sitzt wie immer neben Nita, ihnen gegenüber Helen, daneben Julia und am Kopfende Toni und Cleo.

Und während ich angelehnt an die warme Hauswand schmunzelnd die fröhliche Runde betrachte, überkommt mich ein tiefes Gefühl der Dankbarkeit. Es ist schön, wieder hier zu sein, und ich bin glücklich, dass diese großartigen Frauen Teil meines Lebens sind.

Was haben wir in den vergangenen Jahren zusammen erlebt und geschaffen. Und obwohl wir alle so unterschiedlich sind, haben wir hier einen Ort gefunden, der unsere Geschichten verbindet, uns Raum für unsere Träume gibt, uns gegenseitig inspiriert und an dem Freundschaft wächst – den wunderbaren Mädchensalon.

Es gibt viel zu erzählen.

Lächelnd nehme ich meine Geschenke, öffne die Tür und gehe hinein.

Folge dem Mädchensalon auf Instagram *@dermaedchensalon* und werde Teil unserer Community.

Teile kreative Momente, einzigartige Erlebnisse oder schöne Besonderheiten, die dich mit deinen Herzensmenschen und besten Freundinnen verbinden und für andere eine Inspiration sein können und kennzeichne diese mit dem Hashtag *#dermaedchensalon*.

Begeistere unsere Community und sende uns über die Nachrichtenfunktion davon Fotos zu, damit wir diese auf **@dermaedchensalon** mit Verlinkung auf deinen Account posten können.

Wir freuen uns auf dich!